U0035317

詩路尋光：詩人本事

李桂媚——著

【總序】
不忘初心

李瑞騰

一些寫詩的人集結成為一個團體，是為「詩社」。「一些」是多少？沒有一個地方有規範；寫詩的人簡稱「詩人」，沒有證照，當然更不是一種職業；集結是一個什麼樣的概念？通常是有人起心動念，時機成熟就發起了，找一些朋友來參加，他們之間或有情誼，也可能理念相近，可以互相切磋詩藝，有時聚會聊天，東家長西家短的，然後他們可能會想辦一份詩刊，作為公共平臺，發表詩或者關於詩的意見，也開放給非社員投稿；看不順眼，或聽不下去，就可能論爭，有單挑，有打群架，總之熱鬧滾滾。

作為一個團體，詩社可能會有組織章程、同仁公約等，但也可能什麼都沒有，很多事說說也就決定了。因此就有人說，這是剛性的，那是柔性的；依我看，詩人的團體，都是柔性的，當然程度是會有所差別的。

「臺灣詩學季刊雜誌社」看起來是「雜誌社」，但其實是「詩社」，一開始辦了一個詩刊《臺灣詩學季刊》（出了四十期），後來多發展出《吹鼓吹詩論壇》，原來的那個季刊就轉型成《臺灣詩學學刊》。我曾說，這一社兩刊的形態，在臺灣是沒有過的；這幾年，又致力於圖書出版，包括同仁詩集、選集、截句系列、詩論叢等，迄今已出版超過百本了。

根據白靈提供的資料，2020年將會有6本書出版：

一、截句詩系

新加坡詩社　郭永秀主編／《五月詩社截句選》
蕓朵／《舞截句》

二、臺灣詩學同仁詩叢

王羅蜜多／《大海我闊來矣》
郭至卿／《剩餘的天空》

三、臺灣詩學詩論叢

李瑞騰主編／《微的宇宙：現代華文截句詩學》
李桂媚／《詩路尋光：詩人本事》

截句推行幾年，已往境外擴展，往更年輕的世代扎根了。今年有二本，一是新加坡《五月詩社截句選》，由郭永秀社長主編；一是本社同仁蕓朵的《舞截句》。加上2018年與東吳大學中文系合辦「現代截句研討會論文彙編成《微的宇宙：現代華文截句詩學》，則從創作到論述，成果已相當豐碩。

「臺灣詩學詩論叢」除《微的宇宙：現代華文截句詩學》，有同仁李桂媚的《詩路尋光：詩人本事》。桂媚寫詩、論詩、編詩，能靜能動，相當全方位，幾年前在彰化文化局出版《詩人本事》（2016），前年有《色彩·符號·圖象的詩重奏》納入本論叢（2018），今年這本「詩人本事」，振葉尋根，直探詩人詩心之作。

今年「同仁詩叢」，有王羅蜜多《大海我閣來矣》主題為海，全用臺語寫成；郭至卿擅長俳句，今出版《剩餘的天空》，長短篇什，字句皆極精練。我各擬十問，讓作者回答，盼能幫助讀者更清楚認識詩人。

詩之為藝，語言是關鍵，從里巷歌謠之俚俗與迴環復沓，到講究聲律的「欲使宮羽相變，低昂互節，若前有浮聲，則後須切響」（《宋書·謝靈運傳論》），是詩人的素養和能力；一旦集結成社，團隊的力量就必須出來，至於把力量放在哪裡？怎麼去運作？共識很重要，那正是集體的智慧。

臺灣詩學季刊社將不忘初心，在應行可行之事務上全力以赴。

【推薦序】

詩人與他們的陽光棲息地
——桂媚和她的《詩路尋光：詩人本事》

王文仁

（國立虎尾科技大學通識教育中心教授）

作為詩學這條道路上最為知己的同行者，好友桂媚這幾年在詩國版圖上的開拓，無疑是精彩且豐碩的。除了先後在2017年、2019年出版個人詩集《自然有詩》、《月光情批：李桂媚臺語詩集》外，2018年她也集結過去發表的多篇詩學論文出版《色彩・符號・圖象的詩重奏》一書，對現代詩的「音樂性」、「語義性」與「圖象性」等議題進行了深度的探索。

更令人驚喜的是，在詩創作與論述的這兩條道路外，桂媚還另闢新徑為她所鍾愛、友好的詩人們寫傳。2016年，入選彰化縣作家作品集的《詩人本事》，收錄了描繪岩上、林武憲、吳晟、蕭蕭、康原、向陽等六位詩人的人物誌。這些文章兼論作家故事與作品，是桂媚十年來與這六位前輩詩人相識、相交與近身觀察的成果。這本書出版後，收到不少正面的評價。而今，她很快的又要出版作為二部曲的《詩路尋光：詩人本事》，將書寫的觸角從前行代進一步延伸到中生代。

《詩路尋光：詩人本事》共收錄八篇文章，最早的是2017年4月刊登在《文訊》的〈堅若草根，燦如銀杏——向陽的文學年輪〉，一系列書寫則要等到2019年。2019年3月，她在《吹鼓吹詩論壇》上發表〈總有一片月光引路——陳胤的文學行動〉，這篇文章後來引起不少迴響，也促成「詩人本事」專欄在該年6月號的開設。與《詩人本事》一樣，《詩路尋光》所寫的詩人共有六位，包含1944年出生的吳晟、1955年出生的向陽、1958年出生的林柏維、1959年出生的孟樊、1962年出生的洪淑苓，以及1964年出生的陳胤。

這六位詩人中，有兩位「吳晟」與「向陽」早已出現在《詩人本事》中。這八篇文章裡，向陽更是佔了三篇，其比例不可不謂之重。這其中的緣由，我在〈詩人，與他們的產地：桂媚與她的《色彩・符號・圖象的詩重奏》〉中就曾提過：「多年以來，桂媚始終有兩個最大的心願：一是為她的故鄉彰化文學做上更多的努力，挖掘過去較少為人注意的詩人、作家，並為其書寫評論的篇章；二是為她詩學的啟蒙者向陽老師作傳，以回應其在詩壇與文壇上的盛譽。」如果我們把《詩人本事》中的〈夢行過山崙，咱的青春攏是風景——詩人向陽的書寫旅途〉，與本集中的〈堅若草根，燦如銀杏——向陽的文學年輪〉、〈風景，無所不在——向陽的詩生活與臺灣書寫〉、〈詩歌與生命的交響——向陽的土地戀歌〉等文相互串連，儼然已可看出桂媚版向陽傳的輪廓。

如果說，向陽是桂媚詩學之路上重要的啟蒙者，那麼作為彰化詩人的重要代表，吳晟則是一位文學孵夢者與土地永遠的守護者。《詩人本事》裡的〈根在鄉間：吳晟與他生長的小村莊〉寫的是吳晟成為詩人的心路歷程，《詩路尋光》中的〈小小樹園，大大夢想——詩人吳晟的愛戀與憂傷〉，則從文明對環境所帶來衝擊寫起，勾勒出吳晟守護大地的夢想與具體行動，乃是植根於童年以及對母土的熱愛。桂媚洞悉吳晟「以自然為師」的人生哲學，並以吳晟〈晚年〉一詩所寫的「仍有大片夢想趕著種植」一句，為吳晟種樹與寫詩的並行之路做下註解。

作為向陽家中的小弟，在臺灣史的研究與教學上交出亮眼成績的林柏維，一直到2018年才推出第一本個人詩集《水沙連》，緊接著又在2019年出版《天光雲影【籤詩現代版】》。桂媚從鹿谷茶鄉成長的童年寫起，點出其書寫的特色，乃在於「結合了對斯土斯民的關心，文學與史學因而在他筆下合而為一，開展出論述、傳記、散文、現代詩的書寫光譜。」對於在北教大就讀碩士班時期，曾經擔任桂媚指導老師的孟樊，她在〈筆尖的旋律——孟樊的文學樂章〉中，則以「知性學者也是浪漫詩人」，精準點出這位擁有國立臺灣大學法學博士學位，卻任教於文學系所的跨域詩人，其詩、評論、散文等猶如不同的樂曲，「以各自的姿態奏鳴著，隨著音符的流動與音色的演繹，交織出一曲又一曲動人的旋律。」

身為「詩人紀事」系列中目前唯一的女詩人，桂媚從洪淑苓小時的閱讀經驗寫起，一步步勾勒出這位臺大中文系教授，較少為人所知、感性的一面。忙碌於家庭和研究的洪淑苓，2001年才正式出版首部詩集《預約的幸福》，之後在2016年連續出版《尋覓，在世界的裂縫》與童詩集《魚缸裡的貓》。身為一位學院詩人，她的創作之路幾乎是與學術並行，對於「女詩人」的身分，洪淑苓也有不少獨特的思考，並期盼眾人對於女性詩人能有更多的關注。同樣是1960世代詩人的陳胤，在桂媚的筆下，不只是一位創作者，也是一位行動派的文化推動者。長久立居於彰化永靖的他，從在國中自編鄉土教材、力行書寫臺語詩，到在體制內推行臺語，無一不在企盼著母語的微光能夠在這塊土地上深植。

翻讀桂媚在這本集中對詩人們的書寫，很容易的就可以發現，他們都是既關懷母土，又醉心於現代詩創作的力行者。同時，她也以正面、陽光的方式，一步步道出詩人們與詩的生命故事。當然，在書寫對象的選取上，桂媚自有其「向陽」的偏好，也以男詩人為主架構起她的詩人紀事。但是，能夠從作品、生命軼事、學術篇章等多種角度，對詩人進行具深度和廣度的書寫，除了要有深刻的洞察力，也要有熱愛於現代詩的溫婉心腸。作為她的好友，除了企盼桂媚能夠早日完成她為向陽、吳晟寫傳的願望，也希望這個「詩人本事」系列能夠繼續書寫下去。

2020年8月

【推薦序】

回到詩本身，回到人本身

——讀《詩路尋光：詩人本事》有感

陳政彥

（國立嘉義大學中文系副教授）

與桂媚共同奮鬥，一起主編《吹鼓吹詩論壇》也已五年光景，桂媚始終是我們編輯室的動力源，能文編、能美編、能提出企畫主題、兼擅網路推廣宣傳，同時也是好詩人與評論者。桂媚曾感性地說編詩刊的過程就像許願池一樣，只要向詩壇(潭？)許願，詩人朋友們都會不吝嗇賜予我們主題詩作與詩論。其實桂媚對我來說，更像許願池中的湖中女神，當我投入一個不夠好的企劃主題，她往往就能直接拿出兩本完美的詩刊問我說：「你遺失的是哪一本呢？」

《吹鼓吹詩論壇》上的「詩人本事」專欄也就是在這樣的背景之下，應運而生，當她在彰化文化局出版第一本詩論集《詩人本事》，並且在《吹鼓吹詩論壇》上發表〈總有一片月光引路——陳胤的文學行動〉之後。兩人曾對此商議，最終在我全力支持以及桂媚的不懈堅持之下，終於讓「詩人本事」成為常設專欄單元。就桂媚而言，每隔三個月就要選定一位作家，完成一篇七、八千字的詩人報導文學作品，費心勞苦又無分毫報酬。文章寫成了，書出版了，讀者讀起來多容易，但實際上的艱辛，外人實在很難想像。這裡要讚嘆桂媚的毅力。而對我來說，「詩人本事」專欄及《詩路尋光》則寄託著我對詩學研究另一種理想的實踐。

從事學術研究日久，越來越明白，想要爭取更高的學術成就，就必須符合國際性與歷史性的要求，顧名思義，所完成的論文最好要有國際研究成果，多引用外文期刊與專著，使用西方文學理論才能幫論文加分。其次研究對象如果不夠久遠古老，似乎論文就跟著沒有影響力。此時大學環境競爭激烈教職難求，不管在職或者流浪，學術研究都有極大績效壓力，因此大量詩學論文都朝著以上兩點靠攏。最後就是理應解釋詩作的詩評論，比詩本身還難懂。這些期刊論文討論的詩人與議題當代讀者都不感興趣，我們可以看到，詩學研究距離創作現場、讀者回饋都越來越遠。詩人寫詩、讀者讀詩不理會詩學研究者，詩學研究者也在外國文獻以及歷史考古當中考據可能存在的意義，看不見詩句本身之美，研究與當代詩壇無涉。

或許就是在這樣的疑惑底下，開啟了我個人關於現象學詩學的研究，雖然仍然不脫離西方哲學文獻，但是現象學所提出的「回到事物本身」、「回到生活世界」的理念，實際上就是回應在物質科技思維底下，人的生活朝著抽象化、概念化發展的荒謬局勢。落實在詩的研究來說，我們會喜歡一首詩有時候很簡單，有時候只因為被一句很美的句子感動，有時候我們是喜歡上詩中吟詠的主人公。有沒有一種可能，讓關於詩的論述回到人本身、回到詩本身呢？

「詩人本事」的文章某種程度上回應了這樣的理想，《詩路尋光》介紹六位詩人，分別是吳晟、向陽、林柏維、孟樊、洪淑苓、陳胤。如果硬要找出六人的聯繫，勢必會玄之又玄，十分牽強，但是如果從人的角度來看就很單純，這六位都是桂媚生活中有所交集、有所關注的詩人，而桂媚也認真地挖掘出每一位詩人的生命歷程、創作歷程。這些親身接觸以及訪問筆談所得的生活點滴，讓讀者更了解詩人，能夠建構起關於詩人們更立體的形象。此外也能看到從文章看出桂媚看待詩人們的角度與立場，讀《詩路尋光》我們可以體會到桂媚對自己老師向陽與孟樊的嚮往與仰慕，可以看到對桂媚對同鄉詩人吳晟與陳胤投身環保與文學志業的欽佩，可以看到桂媚對林柏維老師臺灣史研究及創作歷程的關注，看到桂媚寫洪淑苓老師有著女詩人特有的感性眼光。透過《詩路尋光》，可以看到一個虔誠於詩的研究者，如何認真刻劃出詩人面貌。

另一方面，《詩路尋光》能夠做到回到詩本身，得力於桂媚本身也是詩人，對文字高度敏感。在她的兩本詩集《自然有詩》、《月光情批：李桂媚臺語詩集》當中，每每有俐落精彩的小詩，擊中心弦引發震盪，讓人擊節叫好。也因此桂媚往往能在眾多詩作當中，挑選出最能夠呼應詩人生命歷程的詩作，精準指出文字與真實人生的互文。除了賞析了詩作，也讓讀者更清楚知道，詩人寫下這些作品的真實時空背景，這些被詩論研究者所遺棄的評論方式，其實才是能夠讓讀者扎扎實實喜歡詩人愛上詩的詩論。

「詩人本事」跟我因緣頗深，我也喜見《詩路尋光》的完成與出版，因為我對桂媚、對《詩路尋光》都還有很多期許，期許這本書能完成我嚮往但是做不到的事，也就是讓詩論發揮連接詩人、讀者、評論家的功能，讓更多詩的詮釋能夠，回到人本身、回到詩本身。

【推薦序】

桂媚的本事一二

——讀《詩路尋光：詩人本事》

陳鴻逸

（經國管理暨健康學院通識教育中心專案助理教授）

問：本事何解？

回：本領

（《京本通俗小說‧碾玉觀音》：「虞候道：『小娘子有甚本事？』待詔說出女孩兒一件本事來，……原來這女兒會繡作。」）[1]

桂媚研究在於細讀工夫，[2]一是謹慎思微，二是理解文本愛護文本的態度。從《詩人本事》到《詩路尋光：詩人本事》的報導敘述，以及建立人物生長歷程、事件經歷、發表作品，資料梳理、歸納整理皆奠立於此。以三篇詩人向陽內容來說，縱橫出詩人創作點滴，一是桂媚貼身近距離觀察、了解，將其生活足跡融入個人生

1 本文四個「本事」解釋，請參考http://www.chinesewords.org/dict/157017-490.html（漢語網）、http://dict.revised.moe.edu.tw/cgi-bin/cbdic/gsweb.cgi#X（教育部重編國語辭典修訂本）

2 文學批評的「細讀」強調以文本為中心，研究文本內部結構關係，不忘語境的聯結，找到語境脈絡裡的意義。

命，開展出指引向度，細在於察覺微小、讀出箇中韻味；二是理出作品發表時空、典故因緣，敷陳其事而直言之，例如〈堅若草根，燦如銀杏——向陽的文學年輪〉小節「四季戀歌，詩韻流動」特別點出詩人與音樂的緊密關係，一般較熟知的可能是向陽〈阿爸的便當〉，經由簡上仁譜曲巡演全臺，感動無數觀眾，但卻少有人知向陽早在大學校園民歌風潮下，嘗試寫詞的〈夜已深深〉、〈令我不捨依依〉（由鄒錫賓譜曲）等作品，表演後雖然塵封，如今卻在《詩路尋光：詩人本事》再現往歷。

單賴觀察還不夠，桂媚也採用深究事物報導，以近似深描（thick description）技巧去理解文本背後的社會狀態、心思情緒，如在〈風景，無所不在——向陽的詩生活與臺灣書寫〉談及921大地震後向陽發表詩作心境：

> 2000年1月29日災後重建民間諮詢團等單位合辦「春回鳳凰山點燈祈福晚會」，由時任中研院院長的李遠哲主持，向陽也現場為鄉民朗誦了〈烏暗沉落來〉、〈春回鳳凰山〉與〈迎接〉等詩作。向陽說，「九二一大地震」造成鳳凰山走山，鳳凰山下的廣興村是他出生的地方，從小推開房間窗戶，映入眼簾的就是鳳凰山，在離家念大學以前，鳳凰山山腳一帶一直是他的主要活動範圍，因此他將鳳凰山入詩，鼓舞和他一樣從小看著鳳凰山日升月落的居民重建家園，同時期盼山明水秀的大自然面貌能早日恢復。

「深描」是文化人類學的研究方法，由人類學者克列佛德吉爾茲（Clifford James Geertz,1926-2006）提出。吉爾茲影響了現當代人類學者的研究方法、詮釋視角，其「眨眼」觀察的「深描」屬質性研究法，需涵蓋經驗、過程脈絡。桂媚報導研究的工夫，不僅僅只是資料堆砌，而是深入因果背後脈絡，加上她貼身觀察、頻密互動，能夠找到詩人創作深度的理由、想法；或說，對一般讀者或許以為〈烏暗沉落來〉、〈春回鳳凰山〉與〈迎接〉純紀寫921大地震悲愴，桂媚進一步地探見向陽與「鳳凰山」的連結，讓這幾首詩從地景誌寫、紀物寫事變得更有意義。

回：舊事

（《漢書・藝文志》：「丘明恐弟子各安其意，以失其真，故論本事而作傳，明夫子不以空言說經也。」）

桂媚偏好觀察周遭人事物，對於親近事物尤其如此，書從吳晟、向陽、林柏維、孟樊、洪淑苓到陳胤，多為桂媚熟稔之人。敘事上夾雜著詩人故事，沒說的是她與詩人們生命交集與對話激盪。如同前述吉爾茲的文化詮釋，因為自身文化背景、觀察視角與描述手法的不同，文化性、創造性的參與其實無可避免。《詩路尋光：詩人本事》潛在構面是桂媚擇選後的詮釋，擬似客觀的句子間夾雜了無數嚮往，是她作為詩人、詩評家、學生、詩友等多重角色的聚合體，如〈小小樹園，大大夢想——詩人吳晟的愛戀與憂傷〉的段落：

> ……吳晟表示，校園民歌從1970年代中期開始流行，大約在1980年前後，黃士本曾替友人詢問是否同意將《吾鄉印象》中的〈牽牛花〉譜曲，事後也提供了陳輝雄譜曲的歌譜給他，但當時他並沒有特別追問歌曲後續發展，後來1996年參

加一場聚會，偶然聽到一位國小校長哼唱〈牽牛花〉，詢問之下才知道歌曲版的〈牽牛花〉收錄在某張卡帶裡，可惜對方對於專輯名稱和歌手已不復記憶。直到2017年，青年詩評家李桂媚撰寫〈論《吳晟詩．歌》專輯的詩歌交響〉一文，找出這張黑膠唱片，才發現當年的歌詞單把「吾鄉的印象」當成〈故鄉的牽牛花〉的作詞者，難怪歌有名、人無名。

「李桂媚」的文中現身／聲，使敘事視角錯移開第三人稱，放大聲調與存在感，將自身寫入了吳晟的生命敘事，等同於在文本構築了另一互動世界，既是觀察者又是參與者，強化說服力，使得報導敘事有了客觀材料與主觀思維，這思維是多層次參與及拼貼而來，使新敘事一如記憶舊事。

回：詩詞中的故事所依據之事實

（明胡應麟《少室山房筆叢．藝林學山三》：「近世論樂府，必欲求合本事。」）

《詩路尋光：詩人本事》透過桂媚的細讀、資料爬梳比對，探見一首詩如何「形成」或「改編」，如〈風景，無所不在——向陽的詩生活與臺灣書寫〉裡，談到的向陽〈霧社〉曾被改編為歌曲，而〈霧社〉靈感奠基於日本殖民時代「霧社事件」，到2016年則被音樂家林少英譜曲出版《霧社交響詩：賽德克悲歌1930》、《霧社：向陽敘事詩X林少英交響曲》兩張專輯。不斷衍異、改寫的詩作、專輯，在桂媚筆下都能理出清晰路徑，透實著詩人向陽的「詩史」企圖，那些為反殖民發聲、為臺灣歷史發聲、為當時臺灣政治未明發聲的「語句」，隨著藝術創發再改寫為音樂文本。

回：原物

（《管子．海王》：「因人之山海假之，名有海之國讎鹽於吾國，釜十五吾受。而官出之以百，我未與其本事也。）

桂媚書「後記」言「想當詩人」深受詩人向陽啟發，或許路有彎曲無法直達，謙稱想從詩人轉換為向陽寫傳，熱愛詩反而讓她有了更多可能性。從《詩人本事》到《詩路尋光：詩人本事》，坦露內在初衷於「書寫」，外在稱謂或有增迭，詩人、詩評家、彰化文學研究者的角色無不投射回「書寫」原點，都讓她找到不同定位：

> 我喜歡用麵包來比喻每個人的價值，麵包店的麵包出自同一個麵糰，有的灑上蔥花變成了鹹麵包，有的夾入奶酥或是紅豆餡變成甜麵包，有的則保持原味的美好，成為白吐司。不論是甜麵包、鹹麵包還是白吐司，它們都各自發揮了自己的價值，提供食用者熱量與好心情，人生也是如此，我們從相同的起點出發，經歷不同的旅程之後，各自在屬於自己的領域發光發熱，書寫《詩人本事》讓我從白麵糰變身麵包，找到自我定位，因此這些年我一直在思考下一本《詩人本事》的可能。

如今可能已成真，桂媚追尋詩（人）的路上專注不懈怠，誠懇地面對詩（人）流露的故事，發揮自己的能力。《詩路尋光：詩人本事》蘊藏了許多本事，不僅有多位詩人的側寫紀錄、評議分析，更別錯過還有桂媚的一二事。

【推薦序】

夢見咱鬥陣衛護這片土地

——李桂媚和《詩路尋光：詩人本事》

葉祍牃

（作家、詩評家）

延續《詩人本事》報導文學的風格，臺灣當代最富行動力的詩評家李桂媚再次推出《詩路尋光：詩人本事》，讓人不得不引用知名詩人向陽的詩句「夢見咱鬥陣衛護這片土地」來相襯她對臺灣現代詩壇的全力以赴。這當然不只是形容她對臺灣詩評的衛護與貢獻，更在於《詩路尋光：詩人本事》中評論詩人向陽的高比例，以及她向陽詩學專家的身分。

臺灣現代詩是華文世界的領導品牌，尤其在目前政治社會相對自由與臺灣詩人群深具創造力的文化脈絡下，讓臺灣現代詩的品質長期居於華人文學的尖端。由於臺灣現代詩題材的千變萬化與技巧的高度實驗性，因此當我們細細品味現代詩時，更需要有專業讀者帶領我們如何一窺秘辛與堂奧究竟。李桂媚就是專業讀者中的佼佼者。她往往能從詩人的心路歷程與頗具意義的往事，連結詩人的創作，再從專業的報導視角，帶領我們進入詩人與詩作創作要旨，並從另一種觀點重探詩人的創作世界。

如何閱讀向陽的詩？從〈堅若草根，燦如銀杏——向陽的文學年輪〉，〈風景，無所不在——向陽的詩生活與臺灣書寫〉，〈詩歌與生命的交響——向陽的土地戀歌〉這三篇來看，李桂媚從向陽自小閱讀《離騷》與《莊子》，發展成為詩人的宏願，延伸到向陽的文學脈動及特色，更進一步連結臺灣意象與對土地的關愛。換言之，如果我們要專業的閱讀向陽詩作的美學，就不能錯過向陽受到《離騷》和《莊子》影響的因素。當然，更不容錯過的，便是「向陽」此一筆名的由來是「近水樓臺先得月，向陽花木易為春」。透過李桂媚專業導引，我們知曉向陽的筆名，是詩人對自我正面人生觀的期許。掌握了向陽此一特點，將來當我們閱讀向陽詩作時，將不再侷限於批判與淒美，更會注意從詩中找到光明與希望。

如果我們閱讀孟樊，就得看看〈筆尖的旋律——孟樊的文學樂章〉裡提到的「浪漫」與知性，以及學者風範與出版先鋒。李桂媚敘述孟樊剛開始寫詩的源頭是「國中時因為暗戀鄰居國小老師的女兒，寫了許多情書給她」；而現在的詩創作更為浪漫，因為「妻子呂淑玲是他每一首詩的第一個讀者」。因此有了對孟樊的這一層「浪漫」認識，無論後來的戲擬詩，或是較早期的旅遊詩，或許我們都可能要多從「感性」與「浪漫」去理解他，而不單純從學院詩人或後設技巧去看這些詩作。

同樣浪漫的還有洪淑苓，不妨讓我們一起閱讀〈用文字為世界填補裂縫——洪淑苓的詩版圖〉當成賞析洪淑苓詩作的入門。李桂媚指出，「從《合婚》到《預約的幸福》，兩本詩集的書名都取自洪淑苓寫給夫婿王基倫的詩。」詩人將詩集出版視為志業大事，因此往往在擬定詩集名稱時有多方考量；而洪淑苓在兩本詩集的命名，都展現了鶼鰈情深，這是閱讀這兩本詩集的重要指示。至於詩人自認為是「留情」的人，更讓讀者可以想像，洪淑苓的詩創作具有紀錄情感細節的特色。

一想到陳胤，就會想到文學行動，這是由於先閱讀了〈總有一片月光引路——陳胤的文學行動〉而了解陳胤。在這篇評論中，李桂媚清楚指出「愛」與「自由」的追尋是《月光：陳胤臺語詩集》的核心主題。除此之外，也將陳胤的臺語寫作模式，教育改革想法與社會運動，脈絡化的呈現。不得不讓人激賞，《月光：陳胤臺語詩集》的創作與出版本身就是一種文學行動。透過閱讀李桂媚的評論，更貼近了陳胤的文學行動與意志。更值得注意的是，李桂媚為彰化人，陳胤本身也是彰化人，在〈總有一片月光引路——陳胤的文學行動〉裡特別提到彰化詩人的留與旅問題，也突顯了兩人同時關懷彰化文學發展的一片熱枕。此中更令人動容的是，陳胤自訴「專做沒人要做的事」。

〈小小樹園，大大夢想——詩人吳晟的愛戀與憂傷〉裡的吳晟也有這樣的感嘆，李桂媚指出吳晟在「小小的『純園』種著詩人『疼惜臺灣』的大夢。」由於對鄉土的熱愛，因此吳晟針對農藥、汙染、農村與環保，創造了一系列的鄉土詩。然而，我們過去閱讀吳晟都說「鄉土詩」，李桂媚則很敏銳地提出「植物詩」這樣的概念，這是因為吳晟「筆下的植物，更見證了農村的發展」。在李桂媚獨有而精準的視角引導下，讓我們打開另一種閱讀吳晟的方式，這是她既傑出又巧妙的專業評論才華。

〈從好山好水到斯土斯民——林柏維的文學光譜〉讓我們認識了林柏維，也更認識向陽。無論我們對林柏維的創作熟不熟悉，但李桂媚一下就點出他「文學連結史學的臺灣史書寫」的特色，讓我們閱讀林柏維詩作時，很快就能上手。林柏維的創作，除了史學背景影響了詩觀，還有重要的兩大地標「鹿谷」與「水沙連」，更特別則是「傳統籤詩，現代詮釋」，運用了「媽祖六十甲子籤」創造現代詩的形式與想像。有趣的是，李桂媚在這篇評論中也多次提及詩人向陽。雖然林柏維與向陽為兄弟關係，但也更暴顯李桂媚身為向陽詩學權威的身分，以及對向陽創作的熱愛之情。

李桂媚本身也是彰化知名詩人，編輯，插畫家，如今再開拓詩評論領域，可見她的多才多藝與不凡的視野。《詩路尋光：詩人本事》的書名也很有韻味，在詩這條路上找到光，一路往有光的方向前進。當我們閱讀現代詩時，有時也需要專業的引路人點一盞燈，而那盞燈就是李桂媚。相當令人期待，李桂媚下一本《詩人本事》的問世。

目次

小小樹園，大大夢想
——詩人吳晟的愛戀與憂傷

〈泥土〉是吳晟刻畫母親的詩作，最末寫道：「用一生的汗水，灌溉她的夢」，這句話其實也是吳晟守護大地之母的最佳寫照，小小的「純園」種著詩人「疼惜臺灣」的大夢。他的自然思維並非守舊，而是站在永續的高度來看待環境，為一百年後、甚至兩百年後的臺灣設想，因此吳晟對於過度依賴農藥、濫砍濫伐、一窩蜂種植外來種、用水泥把樹圈起來等現象，感到萬分憂心，因此他離開書桌、投身實際行動，不只是平地造林、推廣臺灣原生種與友善農業，吳晟同時參與社會運動，呼籲大家共同守護環境、珍惜臺灣這片土地。

如果說尊重自然、愛護樹木的信念有一個起點，或許就是童年時期，母親陳純在吳晟心中埋下的種子。吳晟回憶說，小時候家鄉到處可以看到樹木，店仔頭的大樹是孩子們玩耍的好去處，更是大人乘涼話家常的好地方，大家會坐在店仔頭的大樹下聊天或者小憩，大樹據點也像是訊息交換站。每次回外婆家，都會看到一棵很大的楊桃樹，有一次從母親口中得知，外婆的鄰居原本找了工人要砍除那棵楊桃樹，但外婆覺得大樹長成不易，勸阻鄰居不要砍掉，並且自掏腰包付了雙倍的砍樹費用，大樹才得以保存下來。母親亦常常告訴他們「砍樹容易，種樹難」，有一回，村裡的農民因為鄰居的樹遮住了陽光，讓田裡有一部分稻作長得慢，就找人把樹砍掉，樹的主人覺得樹是農民休憩與遮蔭的地方，竟被鄰居自作主張砍除，兩戶人家因此弄得很不愉快。這些事情都帶給他無形的影響，耳濡目染之下，除了懂得珍惜樹的生命，他也開始思考樹與人、樹與生活的關係。

書寫，植物詩與生命史的交疊

回溯樹與吳晟的緊密連繫，早在高中時期，吳晟就寫下〈樹〉一詩，以樹作為自我象徵：

而我是一株冷冷的絕緣體
植根於此
——於浩浩空曠

嘩嘩繁華過後
總有春的碎屑，灑滿我四周
而我是一株冷冷的絕緣體
不趨向那引力

亦成蔭。以新葉
滴下清涼
亦成柱。以愉悅的蓊蔥
擎起一片綠天

而我是一株冷冷的絕緣體

植根於此

縱有營營底笑聲

風一般投來

這首1963年7月發表在《文星》雜誌69期的詩作，透過樹對繁葉、落花、風聲的不為所動，闡明不忘初衷的信念。「而我是一株冷冷的絕緣體」在詩中反覆出現，「冷」、「絕緣體」看似孤獨，其實是一種堅定，是詩人「根植於此」、走自己的路的堅持，也是「擎起一片綠天」的決心。

樹不僅是詩人生命史的表徵，吳晟筆下的植物，更見證了農村的發展，詩集《吾鄉印象》收錄有十首「植物篇」詩作，以稻作為主題的〈水稻〉、〈秋收之後〉、〈過程〉，是農業社會的描摹，從中可見農民的辛勤與堅毅，〈早安〉連結起農田耕作和教學工作，教師所耕耘的園地，其實也是一畝一畝教育田。〈木麻黃〉及〈牽牛花〉揭示了農業社會發展為工業社會，隨之出現屋舍取代綠地、環境汙染、人口外移等現象，〈含羞草〉、〈野草〉、〈檳榔樹〉與〈月橘〉則是高壓統治的政治隱喻，以及弱者的不平之鳴。

展讀「植物篇」系列詩作，除了從農業轉向工業的時代變遷軌跡，亦能窺見詩人的社會觀察與反思，例如〈牽牛花〉：

在陽光下奔跑，在月光下嬉戲的

吾鄉囝仔郎，哪裡去了

他們蹲在小小的電視機前面

吾鄉的牽牛花，不安的注視著

在陽光下流汗，在月光下歌唱的
吾鄉少年郎，哪裡去了
他們湧去一家家的工廠
吾鄉的牽牛花，寂寞的尋找著

在陽光下微笑，在月光下說故事的
吾鄉老人家，哪裡去了
他們擠在荒涼的公墓
吾鄉的牽牛花，憂鬱的懷念著

有一天，我們將去哪裡
吾鄉的牽牛花，惶恐的納悶著

此詩以牽牛花的口吻來述說，透過旁觀者清的視線，指陳文明對於家鄉環境造成的衝擊，月光依舊，人事物卻早已不再。電視機的出現，改變了原本的生活型態，孩子們被電視節目吸引，不再奔跑遊戲，轉而目不轉睛地守在電視機前，工廠的設立，同樣改變了農村社會的結構，青年離開家鄉，到加工區的工廠就業，而農村的長輩也隨著時間凋零。人可以自由遷徙，牽牛花卻只能守在原地，反而比人更清楚地看見農村一點一滴的變異，因此牽牛花也不禁要憂心起，當工業化不斷入侵鄉村，自己在這裡是否還能保有一席之地。

值得一提的是，〈牽牛花〉是吳晟最早被譜曲演唱的詩作，海山唱片1980年出版的大地二重唱（王大川、鄭舜成）「給我一片寧靜／你滋潤我心」專輯，收錄其中的民歌〈故鄉的牽牛花〉，歌詞就是由吳晟詩作〈牽牛花〉改編而成。吳晟表示，校園民歌從1970年代中期開始流行，大約在1980年前後，黃士本曾替友人詢問是否同意將《吾鄉印象》中的〈牽牛花〉譜曲，事後也提供了陳輝雄譜曲的歌譜給他，但當時他並沒有特別追問歌曲後續發展，後來1996年參加一場聚會，偶然聽到一位國小校長哼唱〈牽牛花〉，詢問之下才知道歌曲版的〈牽牛花〉收錄在某張卡帶裡，可惜對方對於專輯名稱和歌手已不復記憶。直到2017年，青年詩評家李桂媚撰寫〈論《吳晟詩・歌》專輯的詩歌交響〉一文，找出這張黑膠唱片，才發現當年的歌詞單把「吾鄉的印象」當成〈故鄉的牽牛花〉的作詞者，難怪歌有名、人無名。

省思，文明對環境的衝擊

另一首1975年2月發表在《幼獅文藝》254期的植物詩〈木麻黃〉，也和〈牽牛花〉一樣，藉由植物的視角，娓娓述說家鄉的變化，第二節寫道：

> 晚霞仍然殷勤的送別
> 在同伴越來越稀少的馬路上
> 而我們望見
> 城市的工廠、工廠的煙囪、煙囪的煤灰
> 隨著一陣一陣吹來的風
> 瀰漫吾鄉人們的臉上

木麻黃在貧瘠的土地上仍能生長，而且耐風，常用來當行道樹或是海岸防風林，以前馬路、公園、學校到處可見，然而隨著工業化的發展，公園綠地變成水泥建築，行道樹日益減少，木麻黃因此深切感受到「同伴越來越稀少」。再者，工廠的興起是樹木減少的原因，更帶來了空氣汙染等問題，詩中「一陣一陣吹來的風」是都市演進的風潮，亦是汙染的擴散，揭示環境生態一步步受到影響。

不只是路上的行道樹在萎縮，就連海邊的防風林也正在消逝，20世紀末，吳晟走訪西海岸，原本滿懷期待，想跟海洋進行一場心靈對話，沒想到，觸目所及的竟然是滿地垃圾與過度開發，於是憂心忡忡的詩人寫下「憂傷西海岸系列」五首，控訴文明對環境的破壞。

〈憂傷之旅——憂傷西海岸之一〉從出發前的嚮往寫起，以「河川承載我們靈魂深處的想望」、「接納我渴求洗滌的心胸」，傳達詩人對海岸自然巡禮的期待，來到河濱道路，卻只見「倨傲的水泥堤防／冷冷隔絕我的視野／預期中整排整排綠蔭／只剩下幾株零落的木麻黃／頂著風沙，更形消瘦」，「鐵罐鋁罐隨處鑲嵌／保特瓶、普利龍、塑膠袋、破家具……／隨潮流來回漂浮、棄置／隨海風飄送陣陣惡臭」，原以為海岸會有別於都市，沒想到海岸早已被水泥文化覆蓋，防風林與海灘的美麗也讓位給開發與汙染，詩人越靠近海岸，越對眼前的景象感到「錐心的刺痛」。

〈馬鞍藤——憂傷西海岸之二〉一開頭就是「長臂大勺的怪手／一公里一公里挺進開挖」，舉著開發大旗的怪手，沿著海岸線不停開挖，所到之處不論動物、植物都是死路一條，唯獨馬鞍藤雖然被怪手截斷了莖，依然努力延續生命。「掙扎伸出細軟的不定根／抓住，隨時可能崩去的島嶼」，一方面刻畫馬鞍藤的生命力，另一方面，象徵臺灣島嶼上努力對抗開發欲望、守護生態的微小力量。

〈沿海一公里——憂傷西海岸之三〉首句「又一紙開發公文」，以「又」來指出人類欲望的無窮無盡，「耐風耐旱的防風林」終究敵不過開發的公文，走上遭電鋸「相繼仆倒」的命運，怎不令人感到唏噓！？詩末，「啊，如果沿海一公里／鬱鬱葱葱的防風林／和翠綠山嶺相互呼應／將美麗島嶼，暖暖環抱」道出詩人對島嶼的愛戀，期盼有一天「如果」能夠不再是「如果」。2008年臺灣文學館出版《甜蜜的負荷：吳晟詩・歌》專輯，收錄十位創作歌手對吳晟詩作的音樂演繹，〈沿海一公里〉這首詩由黃小楨改編，同時譜曲演唱。

〈去看白翎鷥——憂傷西海岸之四〉先寫驅車欣賞到的白翎鷥之美，倒數第二段筆鋒一轉，點明「這是躲過開發計劃／幸而留存的保安林地」，同時提醒別讓「粗野的賞鳥人潮／驚嚇了白翎鷥僅有的家園」。〈消失——憂傷西海岸之五〉由漁村小吃開始，繼而聚焦於「高汙染廢水肆虐千頃蚵田」的環境污染問題，小吃的消失源於蚵仔、蛤仔的消失，即便蚵仔、蛤仔沒有消失，也因為海岸汙染無法食用了。

吳晟2001年榮獲南投縣駐縣作家補助，展開為期一年的濁水溪流域踏查書寫之旅，原本計畫要寫臺灣版《湖濱散記》，卻在走入大自然後，驚覺山林飽受濫伐之苦，河床砂石被無限量開挖，生態面臨浩劫，最後寫下帶有批判色彩的《筆記濁水溪》一書，呼籲大家重視人為過度開發對生態造成的影響。吳晟認為，大家不懂得珍惜樹，連溪頭都為了蓋停車場而砍樹，老樹的消失其實也是臺灣美好事物的消逝，最理想的樹木生態是自然生長，但過去社會已砍除太多樹木，當務之急就是靠人為種樹來維持自然平衡，減少對環境的傷害。

吳晟指出，種樹的原則是遮蔽性與未來性，全球暖化與溫室效應讓氣溫逐年升高，遮蔽性佳的樹木有助於調節環境溫度，未來性則是要有長遠觀，長得快的樹通常有淺根、抓地力不強的問題，容易鬆動地面，因此他建議大家種植臺灣原生種，不但適合臺灣的生長條件，而且越久越有價值，比如烏心石是做砧板的好材料，日本人選用毛柿來做木劍，櫸木常用於家具製造。

行動，守護大地之母

秉持「與其休耕，不如種樹」的想法，從教職退休的吳晟與妻子莊芳華共同響應林務局平地造林計畫，將家中二公頃的農田整理為林地。這個以母親陳純之名命名的樹園「純園」，種植有烏心石、毛柿、臺灣櫸木（俗稱「雞油」）、黃連木、樟樹、臺灣土肉桂、肖楠等臺灣原生種，為了推廣原生樹種與種樹行動，吳晟不只是設計打油詩「一隻烏毛雞，騎在黃牛背上」來幫助大家記憶烏心石、毛柿、雞油、黃連木、牛樟，他更在種樹苗時就規劃好未來的捐樹行動，因此刻意讓樹與樹密集，方便日後從兩棵樹之間移走一棵。

純園裡總保持有幾百盆的臺灣原生種樹苗，免費讓有心種樹的人帶回去種植，希望發揮蝴蝶效應，讓地球擁有更多綠地。2019年4月24日，無論如河書店特別邀請吳晟北上淡水分享純園經驗，響應4月22日「世界地球日」，書店也結合種樹的永續精神，從溪洲純園搬來詩人的樹苗，藉由送樹苗給讀者的活動，把種樹的理念分享出去。

早在1975年9月發表在《詩學》第1號的詩作〈苦笑〉，以及

1982年出版的散文集《農婦》，吳晟就提出農藥對食品安全的威脅，因此純園堅持不使用農藥、不灑除草劑與化肥，放任各種雜草恣意生長，交織成樹園多樣化的生態景觀。吳晟強調，把農藥噴灑在作物上，一旦農藥還沒消退，吃下肚的時候就連農藥一起吃進去了，農藥光是用聞的，人就會產生頭暈、想吐的反應，更何況是食用！？使用除草劑的地面毫無生機，也不適合小孩玩耍，農藥不僅驅離了蟲，更困住了人。

樹園旁邊的稻田同樣採取自然農法耕作，女兒音寧推動「水田溼地復育計畫」，以純園為中心向外拓展，邀請溪州農民加入友善耕作的行列，同時成立了溪洲尚水農產股份有限公司，推廣優質的無毒農產品，透過契作保障農民收益。小兒子志寧也將吳晟詩作〈一起回來呀——為農鄉水田溼地復育計畫而作〉，改編為歌曲〈水田〉，結合吳晟的臺語朗誦與吳志寧溫暖的歌聲，娓娓道出守護環境、友善大地的期盼，溫情呼喊年輕子弟返鄉。

詩人守護土地的精神不只是在樹園，更表現在他的社會參與，2010年苗栗大埔農地徵收事件，怪手在警力協助下，半夜開進稻田，即將收成的稻米付之一炬，吳晟為農民忿忿不平，寫下〈怪手開進稻田〉，批判「挾發展為名的怪手／正在依法強行駛入」。2010年國光石化預定在大城溼地興建廠房，吳晟擔憂珍貴的溼地生態受到高汙染的石化工業破壞，寫下〈只能為你寫一首詩〉，呼籲這是「白海豚近海洄游的生命廊道」，更是西海岸「僅存的最後一塊泥灘地」，詩作〈我心憂懷〉更是直言：「總有一天／越來越龐大的環境債務／勢將背負不起／宣告徹底破產／哪裡還有安身立命之處」，他同時發起連署與藝文行動，號召藝文界共同守護濁水溪口豐富的海岸生態，政府終於在2011年宣布國光石化不會設廠大城溼地。

中科四期開發案規劃要挪用溪州的農業灌溉用水，吳晟堅持「自己的家鄉自己顧」，為了捍衛農民的耕種權，守護臺灣重要糧倉，再一次挺身而出，《筆記濁水溪》2014年增訂再版為《守護母親之河：筆記濁水溪》，除了原本的內容，特別收錄反中科搶水相關紀錄，詩作〈請站出來〉一方面批判「一部部金權集團的怪手／挾開發之名、開膛破肚／沿著水圳路／埋下利益糾纏輸送的暗管／直逼圳頭」，為農民和島嶼發聲，另一方面，請大家「和農作物站在一起／和農民並肩作戰／和河流母親同一陣線」。〈水啊水啊〉一詩則透過「水啊水啊給我們水啊」的呼喊，點出水資源的日益匱乏，且缺水的最大禍首是人類，「是你們，狠狠砍伐／盤根錯結的涵水命脈／是你們，放肆挖掘／牢牢護持的山坡山石／是你們，縱容水泥柏油佔據綠野／阻斷水源的循環不息」，〈水啊水啊〉一詩後來也被吳金黛譜曲演唱，收入2013年發行的《天空的眼睛》專輯。

繼續，以自然為師

相較於吳晟20世紀詩作，2014年出版的詩集《他還年輕》，收錄有更多植物相關詩作，例如：刻畫玉山的〈一座大山〉，「鐵杉雲杉圓柏的年輪／訴說臺灣島嶼最高峰的身世」，一圈又一圈的年輪，是玉山走過的歲月，更是自然界生生不息的象徵。詩作〈菜瓜棚〉裡，菜瓜棚下方涼爽的綠蔭，與冷氣機排出的陣陣熱氣形成鮮明對比，「我無意和你談論／溫室效應，地球暖化，氣候異常／你已經太熟悉的話題／只想靜靜禮讚／農家庭院、木條竹片／簡易搭起來的菜瓜棚」，菜瓜棚其實也是家的代表，家永遠是每一個可以最自在的地方。

〈時，夏將至〉不只是描摹草木在夏季來臨時的生機盎然，更蘊含著樹與生活的關係：

時序悄悄推移
稍不留意，便會錯過
黃連木、臺灣櫸木、臺灣欒樹……
眾多落葉喬木
裸露的枝枒
趕緊換裝的風姿

即使常綠樹
每天也褪下幾襲舊衫
紛紛穿著嫩青嫩黃
亮麗的新葉

時，夏將至，草木茂發
每棵樹盡情伸展千枝萬葉
溫柔承接綿綿密密
或急急沖刷的雨水
緩緩、緩緩滴落給大地

小暑、大暑，漫漫長日
每棵樹，彷如千手觀音

伸展千枝萬葉
傳送清風，轉化暑熱之氣
慈悲庇蔭眾生
暑熱之氣，不斷蒸騰
每一片搖曳的樹葉
都在盡力召喚更多同伴
召喚更多更多的清風涼意

隨著春、夏、秋、冬四季變化，樹木展現不同的風貌，吳晟形容一棵大樹的形象就像一座千手觀音，樹幹展開千枝萬葉，在大雨降臨時，有大樹承接住雨水，雨水經由樹葉、枝幹緩緩滑落地面，將水保存在土壤中，也因此山壁和大地不會受到猛烈的沖刷。近年來土石流頻繁，有一部分原因就是大量砍樹造成的惡果，此外，樹木遮蔭與調節氣溫的功能，也是水泥建築所無法取代的。

2014年吳志寧出版《野餐：吳晟詩．歌2》專輯，這張由吳晟、吳志寧父子檔共同策劃的專輯，〈菜瓜棚〉、〈時，夏將至〉等詩都選錄其中，由志寧改編演唱，專輯特別選在吳晟母親陳純女士百歲冥誕推出，並在純園舉辦野餐音樂會紀念母親。

「晚年冥想」系列則可見到吳晟以自然為師的人生哲學，一般人眼中平凡的枝枒與落葉，詩人卻能洞見「每一截枯枝／是新芽萌發的預告／每一片落葉，輕輕鬆手／都是為了讓位給新生」，死亡雖然是告別，卻也是另一個新生命的開始。不忍砍伐百年大樹來做棺木，亦不忍焚燒金紙造成空氣汙染，以及各式哀弔品的鋪張浪費，詩人在〈告別式〉詩中直言：「請直接火化／骨灰埋在自家樹園裡／我親手種植的樟樹下／也許化身為葉、化身為花／偶爾有誰想念／來到樹下靜坐、漫步／可以聽見我的問候」，樟樹是吳晟母親最喜歡的樹，吳晟畢業回鄉教書後，就在家裡的院子種了樟樹，母親晚年常在樟樹下乘涼，因此與樹對話也可以說是母親教給他的哲思。

2013年吳晟將兩百多棵烏心石捐贈給溪州鄉公所，打造溪州鄉第三公墓成為森林墓園。談到森林墓園的構想，吳晟指出，目前火葬為喪葬比例最大宗，土葬越來越少，與其讓公墓的空地閒置，不如將土葬區域集中，剩下的公墓空間規劃為森林公園，還給地球一片綠地。從向林務局申請平地造林的那一刻起，他就決定要在十年、二十年樹苗成樹後，送給他的鄰居——溪州鄉第三公墓。

2005年發表的「晚年冥想」系列，其中一首詩就是〈森林墓園〉，傳達了吳晟「種一棵樹，取代一座墳墓／植一片樹林，代替墳場」的想法，樹在泥土的孕育中成長，樹葉落在泥土上，成為土裡的養分，再一次滋養樹木，形成生生不息的循環，人也可以採取樹葬，落葉歸根，「泊靠在每一棵樹下的魂魄／安息著仍然生長／無論去到了多遠／總會循著原來的路徑／回到親友的懷念裡」。

面對大自然，吳晟總是比其他人更加敏銳，因此他的筆常常充滿著省思，〈樹靈塔——阿里山上〉形容砍樹是在「山林斷裂出巨大的傷口」，同時藉由日治時期反省砍樹而建的「樹靈塔」，揭示生態一旦遭破壞就很難再恢復，願歷史成為借鏡，一起把「所有的痛，化作動人的生命力」。〈土地從來不屬於〉開頭就強調「土地，從來不屬於／你，不屬於我，不屬於／任何人，只是暫時借用／供養生命所需」，提醒大家檢視開發究竟是「需要」還是「想要」，不要用「永無饜足的貪念／吞噬有限的山林溪流綠地」，當下對環境的傷害是永恆的，「每一片土地的毀棄／都是萬劫不復的災難」。

吳晟也為樹園的臺灣原生種樹木寫下「純園組詩」，〈烏心石〉、〈毛柿〉、〈櫸木〉、〈黃連木〉、〈樟樹〉、〈臺灣肖楠〉、〈臺灣土肉桂〉、〈月橘〉，八首詩刊登於2018年2月的《印刻生活文學誌》，烏心石曾經是「家家戶戶／必備的實木砧板」，毛柿是「天神享用的果實」，面對勁風始終「屹立挺拔」，臺灣肖楠「不需要言語就詩意盎然」，臺灣土肉桂「就是土，才更有價值」。

吳晟感嘆地說，臺灣曾經一片林木蓊郁，卻在短短的幾百年之間幾乎被砍伐殆盡，生態一方面受到開發的破壞，另一方面，臺灣存在崇尚外來文化的迷思，一窩蜂種植阿勃勒、風鈴木、落羽松等外來種，盲目追求國外風情，導致臺灣原生種越來越不容易看到。並不是外來種一定不好，而是適不適合的考量，外來種壓縮了臺灣原生種的生存空間，不僅生態平衡受到威脅，更隱含著臺灣本土文化的流逝。

為了下一代的環境，為了百年之後的臺灣島嶼，吳晟在〈與樹約定〉一詩號召大家共同響應種樹，「趕上早春時節／相約，一起來植樹／向每一棵散播希望的樹苗致謝／向青翠的未來承諾／我們會細心看顧、親密陪伴／傳給一代又一代」。就像吳晟在〈晚年〉一詩寫下的句子：「仍有大片夢想趕著種植」，種樹源自對土地的關心，愛戀同時伴隨著憂傷，感動與憂心都是他創作的來源。

本文原刊載於2019年9月《吹鼓吹詩論壇》第38期

堅若草根，燦如銀杏
——向陽的文學年輪

向陽自言，首部詩集《銀杏的仰望》是「反省和期許中增成的第一道年輪」，同名詩作〈銀杏的仰望〉以故鄉南投鹿谷特有的銀杏林表徵思鄉之情，不只是對家鄉的想念如銀杏葉扇狀開展，向陽橫跨寫作、評論、編輯、版畫、研究的生命歷程，亦如銀杏樹般，以生長的土地為養分，在文學的天空開枝散葉，呈顯出一圈又一圈的風景。

書香童年，若木拂日

13歲那年，少年向陽捧讀郵購買到的《離騷》，反覆吟誦卻始終不解其意，於是他在理化課堂偷偷抄錄這本「有字天書」，在校園的鳳凰樹下默默背誦著「路漫漫其修遠兮，吾將上下而求索」的信念。他為暗戀的對象寫下詩作〈愁悶，給誰〉，投稿獲得《巨人》雜誌「詩廣場」主編古丁的青睞與讚賞，「將來必有大成」的鼓勵，讓向陽堅信詩就是此生唯一的路向。曾經有人問向陽，同時從事文學創作及媒體工作，會不會覺得兩者衝突？向陽認為，文學創作強調個人特色，新聞則著重客觀性，不管寫詩、編輯或者評論，都與文字息息相關，只是表現方式有所區別。他自許為「一個永遠的學習者」，從寫作到編輯、再到教學，人生看似不斷轉彎，其實一切都緊扣著他最喜歡的詩。

父親林助在南投鹿谷的廣興村開設了名為「凍頂茶行」的小店，這家全臺第一間凍頂茶專賣店，不僅販售凍頂林家栽種的凍頂茶，也賣各式各樣的日用品、文具及圖書。店裡擁有一大面書牆，為小學的向陽打開一扇閱讀的窗，他展讀中國章回小說、臺灣言情小說、西洋翻譯作品，同時翻閱書架上的《情書尺牘》、《三民主義》、《六法全書》。讀完這片書牆，向陽改以郵購方式向臺北的書局、出版社買書，更因此與詩結緣。童年的閱讀歲月為他奠定知識的基石，向陽日後從事的編輯工作、文學研究，其實也與閱讀有著密不可分的連結。

當年以「縣長獎」保送鹿谷初中的向陽，往後三年因沉迷課外讀物成績一落千丈，竹山高中成為他唯一的升學選項，看似沒有選擇的選擇，卻為他打開第二扇文學的窗，讓向陽的創作觸角擴大到文學社團活動。回首高中生涯，向陽形容那是青澀卻甘醇的「雨前茶」，因為青春，所有的夢都充滿可能。他的書包裡永遠放著課外讀物，他利用每天清晨等公車的時間閱讀，每每看得入神、忘記要上車。日復一日的晨讀，讓向陽的生活比別人多了莊子、尼采、川端康成、赫曼赫塞、羅曼羅蘭、杜斯妥也夫斯基……就連當時被列為禁書的劉大杰《中國文學發展史》、馮友蘭《中國哲學史》等書，也是他的晨間讀本。

詩夢歲月，逍遙相羊

高一下學期，適逢學長成立「竹高文藝研究社」，他旋即報名加入，其後在杜嘯今老師的帶領下習作古典詩詞，在呂琳老師的支持與信任下編輯校園刊物，並積極舉辦演講、辯論、座談會、文藝營等活動。何其幸運，向陽在學風自由的竹山高中，遇見一群相知相惜的文學同好，這群不甘寂寞的文藝青年，把米酒埋在操場旁的草地，趁著午休時刻偷偷挖出來小酌，或是晚上帶著酒到學校後方的林家大墓，把酒論詩。

星空下談論的夢想並不是空想，高二那年，向陽除了接任文社社長，更與同樣喜歡現代詩的林仲修、李建成、陳賡堯，選在11月12日成立「笛韻詩社」，同時推出古典與現代詩詞兼容的《笛韻詩刊》。三個月發行一期，前後出版13期的《笛韻詩刊》，或許樸拙，卻是17歲向陽的心血結晶，他以鋼板、鋼筆、油紙，一字一句刻寫下編輯後的稿件，然後手工油印、裁切裝訂成冊。

向陽回憶說，繼《離騷》之後，他迷戀上《莊子》，莊子的「天地有大美而不言」，讓他對寫詩抱持更嚴謹的態度，也因此自13歲發表生平第一首新詩後，遲遲未見新作。擔任《笛韻詩刊》主編促使他重拾詩筆，一方面創作現代詩與古典詩詞，另一方面，他肩負起撰寫詩論的任務，提出「反對詩故弄玄虛」、「新舊詩在某種程度上的融洽」、「用中國人的話寫中國人的詩」等看法。這些對現代詩風潮的思索，是他叩問現代詩殿堂的引路磚，也讓他大量閱讀現代詩資料，奠定創作、評論、編輯的基礎。

當年南投並不容易見到詩集或詩刊，《笛韻詩刊》不只是社員們發表創作的園地，無形中更成為他們在詩路踽踽前行的指引。「笛韻」正如其名，代表著雋永悠揚的竹山新聲，雖然僅發行13期即休刊，但休刊後曾在《民聲日報》以「笛韻詩雙週刊」再現，多年以後更有竹山笛韻之友聯誼會成立，發行年刊、架設網站，提供文友發表平臺，笛聲依舊，詩韻仍揚。

山月青春，旅人之夢

在那個大學聯考錄取率只有23%的年代，一心想當詩人的向陽，大學聯考填志願時，原先只填了臺大、政大、師大、東吳、淡江、文化六所學校的中文系，到學校繳交志願卡時，老師看到志願卡上大片的空白，要他回家重寫。於是他照著前一屆大學聯考的錄取分數排名，把志願卡一一填滿，沒想到最後錄取了分數比文藝創作組更高的中國文化學院東方語文學系日文組。

如果說竹山是向陽詩種籽發芽的地方，陽明山便是詩苗茁壯的所在。向陽認為，土地或者家鄉，對創作者產生的影響是內化的，甚至可說是終其一生的養分。他強調：「好山好水。山水不能自好，它的美好來自好之者的認同。認同，賦予山水生命，認同，也使生命山明水秀。」

向陽從國中就開始投稿，一直到剛讀大學時都是用本名林淇瀁，然而「瀁」必須造字，報刊通常是把「水」跟「養」的鉛字並排在一起，因此作品刊登時，作者名往往「瀁」字特別大，「林淇瀁」三個字看起來頭輕腳重，有時還會變成一格黑色小方塊，成了「林淇■」，他戲稱這是「林淇黑屁股」。寫作久了，決定取個筆名，遲遲沒想到合適的，一日看見門聯上寫著「近水樓臺先得月，向陽門第早逢春」，源自蘇麟的詩句「近水樓臺先得月，向陽花木易為春」，也有春聯寫作「向陽花木春先到」，他覺得「向陽」是個好徵兆，亦符合他正面的人生觀，此外，「陽」與他的本名「瀁」讀音相近，1955年出生的他生肖恰好屬羊，從此以「向陽」闖蕩文壇。

吟哦土地，疼惜臺灣

初到臺北求學時，向陽雖然依舊寫詩，卻漸漸體認到自己並未跳脫笛韻時期的作品，對創作的自我要求、課業的無法兼顧、畢業後是否該繼承父親的小店……一連串的問題拉鋸著他的心緒，向陽的詩筆因而再度擱淺。所幸上天不忍未來的詩人就此停滯，冥冥之中安排向陽接任華岡詩社社長，在思辨個人風格的同時，他開始想透過詩替父親發聲，用詩重新探詢父執輩的生命，他選擇了父親最熟悉的語言——臺語，以臺語詩建構臺灣勞動者的生命史。

大學階段完成的家譜系列〈阿公的煙吹〉、〈阿媽的目屎〉、〈阿爹的飯包〉、〈阿母的頭鬘〉、〈愛變把戲的阿舅〉、〈落魄江湖的姑丈〉、〈搬布袋戲的姊夫〉，是向陽第一批創作的臺語詩，收入第一本詩集《銀杏的仰望》。他從布袋戲跟歌仔戲的臺詞，進一步思索如何以母語臺語來書寫，他也翻查連橫《臺灣語典》、蔡培火《國語閩南語對照常用辭典》、《康熙字典》、《史記》等書籍，為臺語尋找適切的文字。

在白色恐怖的年代，母語書寫幾乎是不能碰的禁忌，當年向陽的華文詩散見各大報刊，臺語詩則只能投稿給本土性刊物，大多發表在《笠詩刊》或《臺灣文藝》。儘管沒有人看好，連本土派作家都勸他寫臺語沒有發展性，向陽還是繼續在臺語詩的路上挺進，「家譜」之後，他接著創作「鄉里記事」及「都市見聞」系列，將題材從親情擴大到社會關懷與批判。1978年向陽以「鄉里記事」系列的六首臺語詩：〈黑天暗地白色老鼠咬布袋〉、〈未犁未寫水牛倒在田丘頂〉、〈三更半暝一隻貓仔喵喵哮〉、〈猛虎難敵猴群論〉、〈青盲雞啄無蟲說〉、〈好鐵不打菜刀辯〉，勇奪吳濁流新詩獎正獎，為自己與母語創作寫下新紀錄。

三十六首臺語詩在1985年統整為《土地的歌》出版，2002年易名為《向陽臺語詩選》，收錄相關評論重新出版。向陽說，雖然早逝的父親來不及看到這些作品，但藉由創作臺語詩，他深切感受到父親與他同在的悲喜。臺語詩一方面蘊含著他對土地及人民的感謝與關懷，另一方面透過詠嘆、嘲諷與批判，傳達了他的憂心與期待，盼望臺灣能重建自尊、勇健前進。

昨夜西風，十行江湖

與臺語詩同步開展的還有十行詩創作，《離騷》、《詩經》開啟了向陽的古典文學視野，高中時期大量閱讀背誦的漢賦、唐詩、宋詞、元曲，引領他感悟音韻、節奏、意象之美，這些源自傳統文化的光照，讓向陽嘗試在現代詩反形式、反韻律的主流中，另闢一條「自鑄格律」的小徑。他選擇固定十行、每首兩節、全篇五行對五行的形式，透過起承轉合的結構安排，營造對比與和諧。向陽指出，十行詩乍看之下是穿著腳鐐跳舞，雖然形式固定，但技法、詩想是沒有侷限的，十行詩的自我訓練，讓他掌握到如何運用有限的文字，傳達無限的精神。從1974年開始，十年磨一劍寫成的七十二首十行詩，1984年集結為《十行集》，引起廣大的迴響，〈立場〉、〈制服〉等多首作品也被選為中學教材或考題。

大學就讀日文組的機緣，讓向陽大三時關注到圖書館館藏的日治時期臺灣新文學雜誌，賴和、楊逵、追風、楊華等前輩詩人作品，他才驚覺原來在日治年代的臺灣，存在著既非中國、也不日本，屬於臺灣自主脈絡的現代文學創作，早在1930年代，就有一群作家提倡以臺灣人的語言寫作。突如其來的文化刺激，啟蒙了向陽，讓他對土地與創作的關係、臺灣文化歷史的發展，產生更深沉的省思。當時的向陽大概也沒想到，二十年後他會到靜宜大學中文系講授臺灣文學相關課程，三十年後他到國立臺北教育大學臺灣文化研究所任教，四十年後更獲選為第一任臺灣文學學會理事長。

1985年向陽在聶華苓的邀請下，與愛妻方梓、小說家楊青矗一同前往美國，參加愛荷華大學「國際寫作計畫」。向陽回憶道，當年共有五位華文作家，新加坡作家王潤華，中國作家張賢亮、馮驥才，臺灣作家楊青矗及他。五個人常常在晚飯後到聶華苓家聚會，分享彼此的人生經驗，以及對創作的想法，張賢亮文革時期曾被下放勞改，楊青矗甫從美麗島事件的冤獄出來，雖然大家生長在不同的國度，但通過文學，懷抱一樣的美學理想。

為期三個月的交流，不只是接觸到各國作家，閱讀到不同思維、不同風格的作品，看到深愛臺灣的知識菁英流亡海外無法回家，更促使他從國外反觀故鄉臺灣，思辨臺灣的獨特性。向陽嘗試以「四季」為書寫主軸，透過臺灣民間慣用的二十四節氣，刻畫自然、社會、風土、時空，呈顯80年代的臺灣容顏。1986年付梓的《四季》詩集，延續了向陽對形式的堅持，每首詩作皆採用兩段、每段十行的形式，就像是十行詩的推演。「四季」系列後來被陶忘機、三木直大、馬悅然等人譯為英文、日文、瑞典文，臺灣的多重面貌也因此被世界看見。

編輯人生，史詩大夢

向陽退伍後先到海山卡片公司當企劃，一年後在詩人商禽的介紹下，擔綱《時報周刊》編輯，其後獲《自立晚報》吳豐山社長邀約，出任《自立晚報》藝文組主任兼副刊主編。向陽表示，這三份工作都是帶著詩集去面試的，並且因為工作的機緣，讓他不只是一個喜歡詩的青年，更是關心臺灣脈動與文學發展、與臺灣文壇有所互動的作家。

海山卡片想要找個人寫卡片文案，朋友覺得他是詩人很適合，遂推薦剛退伍的他去，和老闆面談不到半小時，馬上要他隔天來上班。當年他負責看照片寫感性文詞，因為卡片主要客群是年輕學生，寫好的作品都要交給公司的女工讀生們投票，一旦投票不通過就得重寫。無病呻吟的看圖說話，加上由小女生決定的投票制度，讓他覺得離詩好遠，正巧《中國時報》辦理第二屆時報文學獎，新增敘事詩徵件，他決定書寫臺灣史詩、挑戰文學獎。

原本預定1979年年底公開得獎名單的時報文學獎，遲遲未揭曉，1979年12月10日爆發「美麗島事件」，政治神經更顯敏感，直到1980年1月時報文學獎方公布結果，向陽以長達三百多行的敘事詩〈霧社〉獲頒優等獎，〈霧社〉全詩也一直延到5月才刊登。儘管過程有許多令人玩味的事，但〈霧社〉這首「以古刺今」的作品能獲得肯定，正代表著文學的社會力量。

早在向陽1978年接受《聯合報》副刊編輯田新彬訪問時，就立下書寫《臺灣史詩》的心願，〈霧社〉一詩正是向陽「以詩紀史，以史鑑詩」的第一步。談起「臺灣史詩」大夢，已邁過耳順之年的向陽說，他最初的閱讀經驗是小說，小學三年級的他，讀著風靡一時的瓊瑤、金杏枝、禹其民作品，為主角的際遇淚流滿面，中學時津津有味地翻閱國外經典文學，想像自己到了40歲、50歲，也能寫一冊流傳好幾個世紀的小說。敘事史詩的本質其實就是小說，某種程度來看，小說也屬於敘事詩，倘若假以時日，他能如願完成《臺灣史詩》書寫，也算是在有生之年寫了一部小說。

80年代的《聯合報》副刊由瘂弦主編，《中國時報》副刊則是高信疆主編，兩位都是詩人，《自立晚報》1982年6月邀請青年詩人向陽擔任副刊主編，試圖在兩大報夾擊中，開拓一條本土、現實、生活的康莊大道。向陽一方面透過書信往來，積極向作家邀稿，日漸壯大副刊陣容，另一方面，其他報紙不敢刊登的政治批判文章，他向來敢用敢登。1984年《自立晚報》因刊登林俊義〈政治的邪靈〉一文遭停刊一日，向陽也被警總以喝咖啡之名約談，但他無所畏懼，《自立晚報》副刊也因此留下許多可貴的資料，見證80年代臺灣的發展。向陽為《文訊》撰寫的專欄「手稿的故事」，2013年集結為《寫字年代——臺灣作家手稿故事》出版，書中所記載的便是任職副刊主編時期，與二十四位文人魚雁往返的回憶。

向陽的編輯人生不只是副刊，他先後擔任《自立晚報》總編輯、《自立早報》總編輯、總主筆，《自立晚報》副社長兼總主筆等職，肩負起新聞守門人的責任，同時以詩人敏銳的眼界，撰寫政治評論與文化評論，見證臺灣社會的轉捩期。相關作品也在1995年收進《為臺灣祈安》，由南投文化中心出版，成為向陽的第一本時事評論集；後期的政治、文化評論則收入2008年由前衛出版的《守護民主臺灣：向陽政治評論集》和《起造文化家園：向陽文化評論集》之中。兩書所收都是他離開《自立晚報》之後，為《自由時報》、《臺灣時報》、《臺灣日報》所撰社論，以及在《自由時報》、《中國時報》撰寫時評專欄的文章。

木刻鎮魂，版畫情長

對知識的渴望與自我期許，讓向陽選擇1991年重返校園進修，就讀中國文化大學新聞研究所碩士班階段，他以70年代臺灣報紙副刊為研究範疇，爬梳文學傳播與社會變遷的影響。1994年自立報系面臨資金危機，準備易手經營，報社同事於當年9月1日記者節上街，並向新資方提出「編輯室公約」，就由當時擔任總主筆的向陽執筆，新聞史上稱為「自立晚報事件」，這是臺灣新聞史上第一個媒體經營權轉移遭到員工抗拒，並要求新聞自主的開始。

事件之後，向陽離開自立，進入政治大學新聞所博士班深造。研究生涯的苦悶，意外讓木刻版畫成為向陽的抒壓之道。向陽與版畫的淵源早在1980年就開始，當時《雄獅美術》推出「立石鐵臣專輯」，介紹日治時期版畫家立石鐵臣的木刻版畫，讓向陽為之驚艷。爾後他擔任《自立晚報》副刊主編，策畫了「臺灣民俗圖繪」專欄，翻譯介紹立石鐵臣日治時期刊在於《民俗臺灣》的版畫作品。1990年他到美術社買了雕刻刀和一塊木板，嘗試刻下生平第一張版畫「月光下的貓」，沒想到刻到一半竟然刻歪了，貓咪的後腳變成魚尾，他索性把「月光下的貓」改成貓頭魚身的「貓吃魚」。

就讀研究所後，為了培養專注力與排解壓力，他再次拿起雕刻刀刻版畫，從處女作「貓吃魚」開始，前後十年共刻出十二幅作品。向陽談到，1990年到1999年，正值他人生的轉折點，離開媒體工作、轉入學術研究，一切從零開始，身分的轉換混雜著心境的慌亂，木刻版畫扮演著鎮魂的作用，在黑夜與天光之間，深刻留下細緻的紋理，呈顯人生的體悟。這些素人雕刻家無心插柳的版畫作品，2015年因傅月庵的推薦、楊照的邀約，在青田藝集推出「向陽木刻版畫展：深刻X細描」，深受好評。

童書因緣，詩心無限

博士生向陽還有另一個無心插柳的成果——童詩，1994年時報文化企劃出版「安徒生獎大師傑作選」，邀請向陽翻譯日本兒童文學大老窗・道雄的童詩集。其實早在1990年，向陽就有一部日本科幻童話譯作，龍尾洋一的《達達的時光隧道》，窗・道雄的童詩譯本則在1996年出版，名為《大象的鼻子長》。向陽謙虛地說，當年就讀日文組時，他一心沉迷現代詩，能夠順利畢業大概是因為老師認為「詩人不需靠日文謀生」，接到電話邀約時，一時不知怎麼婉拒，只好半推半就地開啟這段童詩人生。

無獨有偶的是，翻譯窗・道雄童詩的同時，新學友也邀請向陽撰寫臺語童詩，他選用兒童照鏡子為發展主軸，揉合拉康的「鏡像理論」，透過孩童對鏡子的好奇、自我凝視或認同，發展出十首詩作。就這樣，1996年又出版了由幾米繪製插圖的《鏡內底的囝仔》，十首臺語童詩都跟鏡子有關，可以獨立閱讀，也可視為整本就是一首長詩。接著，葉維廉為三民書局策畫「小詩人系列」，邀請現代詩人為孩子寫詩，向陽在翻譯窗・道雄作品期間，其實也曾想過寫詩給臺灣兒童，因此答應了葉維廉的邀稿，先後完成童詩集《我的夢夢見我在夢中作夢》以及《春天的短歌》，分別於1997年、2002年由三民書局出版。

向陽表示，從13歲立志當詩人開始，寫作對象一直是成人，40歲轉而創作童詩，這是他始料未及的。少年時期追求青壯年的思想，到了中年反而回過頭寫童真，看似弔詭卻處處充滿驚喜。童詩寫作期間全落在博士班階段，博士班沉重的課業曾讓他以為自己寫不出詩了，卻因緣際會通過童詩之鏡，再一次看見童年的夢、人生的夢，與臺灣的夢對話。向陽也以這段人生歷程勉勵青年學子：「樹葉還沒掉光的時候，不要放棄僅存的綠。即時葉子掉光，也還可看見枯幹上閃著淚珠的新芽。」

幸好有詩，生命有光

1987年臺灣解除戒嚴，政治與民間力量的板塊不斷推移，臺灣社會顯得動盪不安，加上工作職務易動、到研究所進修等因素，讓向陽詩作銳減，因此自1987年出版詩集《心事》後，整整相隔十六年，2003年才有新詩集《亂》。橫跨十六年春秋的《亂》，是向陽與臺灣社會對話的方式，詩集取名為「亂」，源自《離騷》詩末的「亂曰」，向陽認為，「亂」字隱含著屈原「以諷世亂、以理心亂」的精神，他同時以「幸好有詩，在昂揚的年代，詩是光燦的日頭；幸好有詩，在混亂的年代，詩是沉吟的歌」來形容自己的信念。

進入學院生涯之後，1998年向陽親自打造個人網站「向陽工坊」，同樣展現了他對臺灣的關心，入口網站的跑馬燈寫著「在暗夜中，只要一絲微火，就可以點亮光明」，訴說著他對文學星火照耀臺灣社會的期盼。「向陽工坊」後來發展出包含「向陽文苑」、「經緯向陽」、「向陽英文網」、「向陽詩房」、「臺灣文學傳播研究室」、「臺灣網路詩實驗室」等網頁，全方位收錄向陽的文學創作、評述，以及相關研究資料。值得一提的是，有感於網路為文學帶來新風貌，向陽將〈一首被撕裂的詩〉、〈在公佈欄下腳〉、〈城市黎明〉等作品設計為網路詩，「臺灣網路詩實驗室」網站上還可讀到多篇向陽談論數位文學的文章，是國內少數涵蓋網路文學創作及研究的網站，也讓他一躍成為臺灣數位詩的重要開拓者及觀察者。

近年網路社群盛行，向陽也經營Facebook，與詩友互動密切，2014年更彙整個人在Facebook上發表的文章為《臉書帖》出版。向陽說，網路的興起帶來即寫即發的創作型態，註冊臉書時，從沒想過隨手在網路記錄下的吉光片羽，有一天會成為實體書出版，《臉書帖》可說是虛擬世界與實體世界的交集，並標誌著散文書寫的新形式。

四季戀歌，詩韻流動

在向陽的文學生命細流中，還有一個重要的分支——音樂。從小向陽就喜歡吹口琴，到了高中，他不僅學會吹奏樹葉，也參加學校樂隊，負責演奏小喇叭，出社會後他買了電子琴，彈唱自己的音樂夢。向陽享受演奏樂器的樂趣，更想把音符變成詩，大學時代適逢校園民歌浪潮，陳秀喜詩作〈臺灣〉被民歌運動推手李雙澤譜曲為〈美麗島〉，傳唱一時，促使他嘗試創作歌詞。向陽大四初試啼聲的歌詞作品〈夜已深深〉、〈令我不捨依依〉，皆由鄒錫賓譜曲，可惜都是「一夜之歌」，表演後就塵封了。

大學寫的歌詞未能傳唱，一直讓向陽覺得遺憾，沒想到服役時竟與音樂格外有緣。向陽收到《聯合報》副刊轉來作曲家簡上仁的信，表示想將他動人的臺語詩譜曲為歌，希望他能同意。當年向陽發表臺語詩沒有人看好，在政治氛圍仍緊繃的幾年後，竟有伯樂主動要譜曲傳唱，讓他竟意外又感謝。簡上仁譜曲〈阿爸的便當〉（詩作原名〈阿爹的飯包〉）、〈阿媽的目屎〉、〈阿公的薰吹〉、〈落魄江湖的姑丈〉、〈搬布袋戲的姊夫〉等詩作，巡迴全臺演唱，感動了許多聽眾。

1978年，軍旅中的向陽在副刊發表詩作〈菊歎〉，獲得李泰祥青睞，譜曲後交由金韻獎得主齊豫演唱，收入1983年出版的《你是我所有的回憶》專輯，〈菊歎〉一曲深受市場歡迎，許多人都琅琅上口，這張專輯隔年也獲得第8屆金鼎獎最佳唱片獎殊榮。

1985年，在美國的作曲家蕭泰然將以向陽的臺語詩〈阿母的頭鬘〉譜曲，當時的蕭泰然是「黑名單」人士，這首歌只能傳唱於在美國臺灣人社區演唱。解嚴後這首歌才隨著蕭泰然回國而成為國內合唱團體必唱的歌。〈阿母的頭鬘〉後來又有張弘毅作曲，聲樂家簡文秀演唱，也頗受歡迎。

1994年，向陽詩作再度獲得流行歌手欣賞，黃韻玲譜曲《四季》詩集中的〈大雪〉，收入《黃韻玲的黃韻玲》專輯。向陽說，〈大雪〉詩如其名，意境上也非常冷，他從沒想過素昧平生的歌壇才女會喜歡上這首詩，並且譜曲演唱。應愛荷華寫作計畫邀約造訪美國的機緣，讓他接觸到被列入「黑名單」無法歸國的臺灣知識分子，交流後深深感受到他們對臺灣的愛，以及無法回鄉的掙扎，〈大雪〉試圖訴說的，便是他們流浪的心情。事隔多年，2015年黃韻玲出版新專輯《初熟之物》，再次選擇向陽詩作來譜曲，以草根不屈不撓精神來象徵時代青年的〈草根〉，更成為此張專輯的主打歌。

2010年，音樂劇《渭水春風》以向陽詩作〈世界恬靜落來的時〉、〈秋風讀未出阮的相思〉、〈射日的祖先正伸手〉（譯為賽德克語）、〈夢中行過〉四首做為歌曲，透過冉天豪的譜曲、殷正洋、洪瑞襄的演唱，讓向陽的詩歌受到矚目。其中〈世界恬靜落來的時〉入圍21屆金曲獎傳藝類最佳作詞人獎，〈秋風讀未出阮的相思〉更於2012年勇奪23屆金曲獎傳藝類最佳作詞人獎。

向陽的詩一直深獲作曲家青睞的另一個紀錄，是〈世界恬靜落來的時〉除了冉天豪譜的曲子之外，先後又有潘皇龍、陳瓊瑜、賴德和、黃立綺、劉育真、寶藏巖人聲計畫，以及石青如所譜的曲子，總計已達八個版本。這創造了現代詩一詩多曲的最高紀錄。

2016年10月23日，福爾摩沙合唱團在國家音樂廳舉辦《土地的歌一石青如與向陽的對話》，演出曲目全為石青如譜曲的向陽作品，包含：〈阿公的薰吹〉、〈傀儡戲〉、〈食頭路〉、〈村長伯仔欲造橋〉、〈鬧風和溪水〉、〈搖子歌〉、〈寫互春天的批〉、〈秋風讀眛出阮的相思〉、〈講互暗暝聽〉、〈世界恬靜落來的時〉、〈Listening to Rain〉、〈Little Station〉、〈草猴〉、〈貓仔〉、〈夢見我的鏡〉、〈八家將〉、〈阿爸的飯包〉、〈猛虎難敵猴群論〉、〈烏罐仔裝豆油證〉，向陽也親自到場擔任導聆，可說是向陽繼獲頒傳統暨藝術音樂金曲獎最佳作詞人獎後，另一個詩歌人生里程碑。

詩途漫漫，綠芽新生

13歲的向陽因《離騷》許下詩人大夢，此後文學的年輪不斷延伸，23歲的他，一方面以臺語詩榮獲吳濁流新詩獎，成為最年輕的得獎者，另一方面，向陽在第一本散文集《流浪樹》的後記寫下：「我等著，另一個自己，用無聲的文字有形的思想，來打倒23歲的向陽！」彷彿預示著他一生與文字為伍，卻不侷限任何文類的未來。擔綱副刊主編的向陽，33歲晉升為《自立晚報》總編輯，工作機緣促使他日後重返校園，爾後更因攻讀碩士班有了版畫的誕生。網路興起後，43歲的向陽花費兩週時間，自己摸索、架設網站「向陽工坊」，同時創作數位詩，開拓現代詩的新面向。53歲那年，文建會、國立臺灣交響樂團在國家兩廳院廣場舉辦「以愛重生音樂會」，千人合唱由向陽填詞的臺語版〈快樂頌〉，讓他的寫作生涯再創新境。

向陽雖自稱中生以寫詩為職志，「就是要當詩人」，但他的生命旅程卻變化萬千，很難以一種身分來歸類，他從寫詩出發，卻因為人生歷程的變化，先後成為編輯人、新聞人、評論家、教育工作者、學術研究者、社團領導人，在他走過的每一程人生階段，都能展軸如扇，顯現風華。

時序轉眼來到2017年，期待2018年63歲的向陽，在發願成為詩人50週年之際，寫出新的詩集，越上另一座文學巔峰。

本文原刊載於2017年4月《文訊》第378期

風景，無所不在
——向陽的詩生活與臺灣書寫

南投，永遠的故鄉

18歲那年，向陽隻身前往臺北念書，開啟了人生的轉捩點，此後他大部分的時光都在北臺灣度過。向陽自言，在六十幾年的生命軌跡裡，只有十八年待在故鄉南投，乍看起來比重或許不高，但從出生到高中畢業這段成長歷程，是他日後寫作不可或缺的養分，正因為父親經營凍頂茶行，店內擁有一面書牆的童年，讓他在閱讀中發現世界的寬闊，進而興起寫作的念頭，正因為13歲閱讀《離騷》立下的詩人大夢，支持他一路走下去，才能成就今日的詩人向陽。

1977年出版的第一本詩集取名為《銀杏的仰望》，同名詩作〈銀杏的仰望〉即代表著向陽對故鄉南投的愛戀。南投縣鹿谷鄉溪頭有一片銀杏森林，是向陽高中常去的地方，銀杏因而成為他心中家鄉的象徵，〈銀杏的仰望〉一詩從銀杏葉的扇形出發，刻畫地方之美，同時傳達詩人對故鄉的想念，序言寫道：「我的鄉思也是／扇形的，浪遊自浪遊，奔逸自奔逸／終究如銀杏一般根植而且／歸軸。」飄落的銀杏葉就像旅人無盡的思念，然而，扇形幅射開的不只是鄉愁，人的一生亦如銀杏展軸，開展出生命的精彩，最末，銀杏葉落地生根，意味著詩人根植鄉土的信念。

《銀杏的仰望》這本詩集也像銀杏葉般，為向陽鋪展開未來的道路，第一位購書的讀者林麗貞（作家方梓），與向陽攜手步上紅毯，一路相互扶持，另一方面，大學時期向陽沉迷於文學與社團，對於本科系日語一知半解，但人生第一份工作海山卡片文案企劃，以及後來轉職的《時報周刊》編輯，都是因為詩人身分讓他受到雇主青睞，詩集《銀杏的仰望》可說是他投身職場的一大推手。向陽認為，寫詩雖然無法維生，但因為喜歡詩，透過閱讀與書寫培養的能力，自然會帶你找到謀生的方法，有時詩也像是生命的引路燈。

另一首與南投相關的詩作〈山路〉，一樣寫於向陽人生轉彎處，擔任報社總主筆、撰寫社論與政治評論專欄一段時間後，向陽重返校園進修，1991年先到中國文化大學新聞研究所攻讀碩士學位，緊接著1994年錄取政治大學新聞研究所博士班，他離開《自立晚報》編輯臺，開啟教學與學術研究的嶄新生涯。2002年路寒袖邀集詩人走訪玉山、書寫玉山，集結為《玉山詩集》，向陽也是受邀作家之一，當時博士班修業年限將至，向陽心中有著莫名的壓力，沒想到攀上鹿林山、麟趾山，望見升起的朝陽與動人的山巒稜線，內心頓時海闊天空，大自然的壯麗也讓他感悟到人的渺小，以及煩惱的微不足道，玉山之行結束後，向陽旋即展開博士論文撰寫，隔年以《意識形態・媒介與權力：《自由中國》與50年代臺灣政治變遷之研究》通過口考，正式取得博士學位。在登山前夕寫下的〈山路〉，最末四行寫著：「山路來到此處／濁水、高屏和秀姑巒都找到了源頭／海峽在左，大洋在右／臺灣從海上升起在玉山之顛放歌」，彷彿預示著人生終會柳暗花明。

選入南一版國中國文課本的詩作〈春回鳳凰山——寫給九二一

災後四個月的故鄉〉，同樣以南投為書寫對象，1999年9月21日發生「九二一大地震」，當時的震央就在南投縣集集鎮，因此南投境內災情相當嚴重。〈春回鳳凰山〉第一段寫記憶裡的南投風光，沿途有「青翠絨毯」、「漫山鳥鳴」與「草花」，第二段寫災後的景象，「沿途草花凋萎，鳥鳴失蹤／我走過的路途坎坷破裂／青綠的絨毯一夕變成皺縮的碎紙版」，透過兩個段落的並置，突顯景物全非，詩末，歷經四個月的復原期，詩人強調：「要讓春天重回，重回鳳凰山」，將地震的傷痕形容為寒冬，將希望比擬為春天，期盼生生不息的大地之母帶領大家走過苦難，迎向新生。

2000年1月29日災後重建民間諮詢團等單位合辦「春回鳳凰山點燈祈福晚會」，由時任中研院院長的李遠哲主持，向陽也現場為鄉民朗誦了〈烏暗沉落來〉、〈春回鳳凰山〉與〈迎接〉等詩作。向陽說，「九二一大地震」造成鳳凰山走山，鳳凰山下的廣興村是他出生的地方，從小推開房間窗戶，映入眼簾的就是鳳凰山，在離家念大學以前，鳳凰山山腳一帶一直是他的主要活動範圍，因此他將鳳凰山入詩，鼓舞和他一樣從小看著鳳凰山日升月落的居民重建家園，同時期盼山明水秀的大自然面貌能早日恢復。

被選作2009年基測國文考題的〈明鑑：詠日月潭〉，詩題即可見到南投縣的知名旅遊景點日月潭，相傳邵族的祖先打獵時發現一隻白鹿，一路追趕白鹿後發現了物產豐富的日月潭，從此在當地定居下來，向陽結合自然景觀的美麗與邵族的逐鹿傳說，寫下「彷彿白鹿還奔馳於潭畔小路／翻過山，越過嶺，在山桂花的指點下／眼前奔入一泓明珠／這才睜開了邵族的天空」。向陽回憶說，當年這首詩出現在國中基測考題，下午國文科考試結束後，他接獲諸多媒體來電詢問，由於當時題目尚未公布，只能從媒體即時報導中的考生反應來推敲，他一度擔心這首詩是不是把考生們給考倒了，他幾乎比考生與家長還要緊張，事後看到考題並不複雜，才總算鬆了一口氣，為此他撰寫了〈明鑑日月潭之美：基測國文考題〈明鑑〉釋疑〉一文，闡明〈明鑑：詠日月潭〉的創作思路，希望除了湖光水色之美，大家也能進一步認識地景背後的人文意涵。

四季，臺灣的色彩

其實早在1986年出版的詩集《四季》，就能窺見向陽對於臺灣風土的關注，《四季》的創作背景源於1985年，向陽在小說家聶華苓的邀請下，參加美國愛荷華大學「國際寫作計畫」，在美國待了三個半月，隔年又受邀赴新加坡參加「藝術節・作家週」，前往韓國出席「第二屆亞洲詩人會議」，這些旅居國外的經驗，提供向陽另一種觀看臺灣的角度，更促使他反思如何書寫臺灣特色，最後選定以二十四節氣來表現臺灣風土。

詩集《四季》1986年由漢藝色研出版，二十四首以二十四節氣為題名的詩作，以向陽手稿的形式呈現，此外還結合了李蕭錕的書法、周于棟的畫作，初版更訂製了典藏木盒，展現了對詩集裝禎文化的重視。值得一提的是，《四季》的美學並不侷限於書籍本身，1987年更在敦煌藝術中心推出「四季接觸」聯展，除了展出向陽的筆跡、李蕭錕的水墨、周于棟的畫作，還有簡上仁的民謠吟唱、瓷揚窯的陶藝創作，透過藝術表現的多樣性，讓更多人看見臺灣的獨特性。

不只是文字、音樂、書法、繪畫的藝術合作，《四季》這冊詩集也為向陽串起國際間的文學因緣，1987年瑞典籍漢學家馬悅然來臺，在書店看到《四季》就愛不釋手，日後更將〈小滿〉一詩翻譯為瑞典文，發表於瑞典的報紙。其後尚有美國漢學家陶忘機英譯《四季》詩集全部詩作，1992年先於《Chinese Pen》季刊分作春夏秋冬四期連載，繼而1993年在美國出版英文版詩集《The Four Seasons》。近期更有日本教授三木直大將《四季》部分詩作翻譯為日文，編選成向陽詩選集《乱》，2009年於東京出版。

「十行詩」是向陽現代詩的一大特色，詩集《四季》延續了向陽對格律的堅持，選擇了每首詩各兩段，每段十行，合計二十行的形式，與「十行詩」有著異曲同工之妙，不同的是，相較於「十行詩」的抒情感懷或現實批判，《四季》詩作同樣充滿社會關懷，但也擁有更多臺灣風俗民情的刻畫。

家鄉南投鹿谷生產凍頂烏龍茶，口感甘醇的春茶相當受歡迎，春茶採收以節氣清明後、穀雨後尤佳，穀雨前採的茶又稱為「雨前茶」，茶鄉成長的記憶讓向陽寫下描繪茶園採收景象的詩作〈穀雨〉。相傳清朝時鹿谷鄉有位鄉民林鳳池，前往福建參加科舉考試金榜高中，返回故鄉前夕收到福建當地宗親贈予他武夷山茶苗，帶回臺灣後在凍頂山種下，從此臺灣有了凍頂烏龍茶，詩中「二三百年來就站在褐的土地」、「來自南方的我們，三百年來／站在這島上，因四時節氣／有不同的色澤」，一方面寫凍頂茶的由來，另一方面，以「不同的色澤」隱喻傳統文化已在臺灣生根，發展成臺灣獨特的面貌。

以嘉南平原景象為主的〈立夏〉，透過「呼叫」、「喚醒」兩個動詞的重複運用，突顯夏日的生機盎然：

從眼前行過平原的
不是低垂的雲，是風
呼叫青翠的稻禾，呼叫
一路列隊的木棉，呼叫
燕子，銜著新泥到農舍簷間
從平原拂向山邊的
不是綿密的雨，昨夜
雨已經帶著春天回去
夏，正像今朝的木棉
站在平原上綻開了花的紅艷

從山邊推過峰頂的
不是茫漠的霧，是綠
喚醒相思松柏與杉林，喚醒
峰頂初昇的太陽，喚醒
新竹，低頭俯瞰廣袤大地
從峰頂指向天際的
不是黯淡的月，今晨
月已經跟著春天隱去
夏，正是初昇的太陽
站在峰頂上綻放出光的溫熱

嘉南平原有許多稻田，夏至正是稻子採收的時節，因此平原放眼望去，都是「青翠的稻禾」。第一段詩人以「呼叫」來形容風的流動，帶領讀者看見稻田、木棉樹林、農舍等風景，第二段繼以

「喚醒」強化夏的來臨，不只是植物鬱鬱蔥蔥，陽光也展現出夏日的光與熱。

到臺北求學、工作的生活經驗，同樣成為向陽的寫作題材，〈小暑〉、〈白露〉、〈霜降〉等詩都是向陽與城市的對話，〈小暑〉第一段從「推開窗子」所見寫起，描繪從辦公室向外觀望，觸目所及的烏雲、大廈、街道、車流、河流、橋、山麓等風景，第二段「關上窗子」，視角轉向辦公室內部，「卷宗錯落」、「殘稿纏著字紙簍」，突然「風扇掀開了計劃書」，「電話急急跳起腳來／唾沫橫飛在話筒的另一頭」，揭示都會步調的匆忙與急促。

〈白露〉一詩裡，觸目所及盡是鷹架鋼柱、水泥、工地、挖土機與高樓，「一棟大廈挨著一棟大廈」是機械時代的複製美學，亦是重複的暗示，不單是忙碌的生活日復一日，城市的開發也不斷進行著。〈霜降〉則是透過夜生活紙醉金迷的描摹，提出「所謂文化是東洋換西洋／所謂古蹟是被推倒的城牆／民俗躍上花車——所謂觀光／是姑娘的大腿大家同齊來觀賞」等批判，一語雙關的「霜降」，以霜的降落形容白髮，同時也是文化來到冰點的象徵。

每年農曆7月基隆都會舉辦中元祭活動，〈處暑〉一詩所營造的，正是中元節放水燈的畫面，但詩人試圖刻畫的不只有民間習俗，更傳達了他對臺灣社會的關心：

> 給流離以安慰，土地就不愁煞
> 給冤曲以平反，天空就不肅殺
> 給孤魂給野鬼以三牲水果
> 生與死就不致大動干戈
> 給最黑給最黯，以微光以微熱

陰沉的風將會破涕歡樂

給乾渴的井以水聲

愛，澆熄了恨火

臺灣走過殖民與威權統治的歷史傷痕，不論是多麼黑暗的時刻，總有微光引領大家前進，詩人期盼愛的包容力能讓社會走出憤怒、跨越哀傷，迎向光明。

地景，歷史的刻痕

〈處暑〉並不是向陽關注臺灣歷史的起點，早在1979年，向陽就寫下三百多行的長詩〈霧社〉，展現他「以詩紀史」的企圖。以日本殖民時代「霧社事件」為題材的〈霧社〉，當年獲頒時報文學獎敘事詩類優等獎，評審之一的鄭愁予肯定「其詩藝形式的發展是異常突出的」，走過三十多個年頭後，〈霧社〉更受到音樂家林少英的青睞，譜曲為交響詩，2016年出版《霧社交響詩：賽德克悲歌1930》、《霧社：向陽敘事詩X林少英交響曲》兩張專輯，前者以純音樂呈顯史詩的壯闊與詩意，後者結合朗讀與音樂，引導大家認識臺灣歷史。

發生在南投仁愛鄉境內的「霧社事件」，是最廣為人知、最激烈的原住民武裝抗日行動，原住民長期受到日本官吏欺壓，加上日本資本家掠奪當地資源，嚴重影響到原住民生計，累積的不滿遂一次爆發，大頭目莫那魯道於1930年10月27日率領六個部落的族人反擊，向陽在四行詩句裡連用五次「迅雷」來描寫原住民的反抗，「迅雷一般擊入競技的運動會場／迅雷似的憤怒擊殺著殘酷的統治者／迅雷似的狂野血洗了小學校的操場／迅雷迅雷，繼之以冷雨，斜落……」。整個反抗事件由原住民在霧社小學舉辦運動會時殺死多位日本人開始，持續長達二個月，最後在總督府的軍事討伐下，原住民戰士不是戰死就是自殺，「有人含淚倒下有人血濺森林有人跳崖」，族人們也悲劇以終。

1979年適逢美麗島事件，〈霧社〉因為反抗性強、書寫題材敏感，一直到隔年5月才在副刊登出，雖然發表過程並不順遂，但向陽堅信：「死去的靈魂在哭號，悲壯反抗的聲音永遠不會被遺忘！」他回憶道，那一年時報文學獎新設敘事詩的組別，他一直都有書寫臺灣史詩的想法，於是決定挑戰看看。當時他白天上班、夜間寫詩，〈霧社〉這首詩整整寫了一個月，他一方面思索把「霧社事件」搬上舞臺，每一幕不同的場景與人物，如何交織出故事的起伏轉折，另一方面，為了拉出歷史事件的時間感，他特別選用子、丑、寅、卯、辰、巳來當換幕的編碼，讓空間與時間產生交疊，讓歷史更加立體化。

寫給陳澄波的兩首詩作〈嘉義街外——寫給陳澄波〉與〈城門——致陳澄波〉，同樣疊合了地景的空間與歷史的時間，紀錄二二八事件的時代傷痛。詩題〈嘉義街外〉及〈城門〉是嘉義的景觀，亦是陳澄波畫作之名，陳澄波的油畫作品「嘉義街外」於1926年入選第7屆帝國美展，是第一位入選日本帝展的臺灣籍畫家。

〈嘉義街外——寫給陳澄波〉寫著：「彷彿還在眼前，一九二六年／你用彩筆描繪的嘉義街外／受到殖民帝國的垂青／一九三三年你勾勒出來的中央噴水池／溫暖的陽光灑過金黃的土地／你的雙眼如此柔和，愛情／隨著油彩一筆一筆吻遍了嘉義」，不只是記錄下藝術新秀崛起的歷程，同時道出陳澄波經常以故鄉嘉義作為描繪對象的特徵。〈城門——致陳澄波〉末段：「一九四七年的槍聲／奪走了你的畫布／奪不走你的城門／那狂烈的油彩／迄今還在城上擦寫不停」，一方面為時任嘉義市參議員的陳澄波，在二二八事件發生後，熱心前往協商卻被逮捕，最後慘遭槍斃的命運感到惋惜，另一方面，相信畫家的創作與熱愛鄉土的精神將永遠流傳。

高雄鐵道故事館牆上的〈舊打狗驛〉，則是向陽描寫高雄港過往榮景的詩作。「舊打狗驛」是「高雄港站」的舊名，更是高雄第一個火車站，過去製糖業有大量運送需求，高雄港與火車站連結起海運和鐵路的交通樞紐，加上高雄港屬於腹地廣大的商港，因此成為重要的貿易集散地，詩人以「糖、米、檜木以及南北貨／紛紛追著汽笛聲響湧入此驛」來闡述當年的盛況，可惜隨著產業轉型與外移，早已物換星移，響亮的汽笛聲與鼎沸的人聲不再，只剩下在「月下打盹的月臺」。2012年11月25日，宜蘭縣政府邀請作家行旅冬山河，書寫蘭陽文學地景，向陽寫下蘭陽詩抄三首：〈烏石港遺址〉、〈冬山河夕照〉、〈頭城十三行〉，除了地理景觀之美，也記錄了從興盛到蕭條的變異。

2012年向陽陪愛妻方梓回到故鄉花蓮，舉辦《來去花蓮港》新書發表會，向陽致詞時表示，以前大家都稱呼方梓是「詩人向陽的太太」，希望以後大家叫他「小說家方梓的先生」，鶼鰈情深，溢於言表。早在交往時期向陽就充分展現詩人的浪漫，當年向陽已大學畢業前往服兵役，生怕女友兵變，因此積極寫情詩給方梓，情詩裡也總會附上一封情書，就這樣前前後後寫了十一首，成為第二本詩集《種籽》的「輯二　愛貞篇」，其中，詩作〈旅途〉寫於向陽第一次前往花蓮拜訪未來的岳父後，這也是向陽第一首書寫花蓮的作品，描述由臺北搭乘火車前往花蓮的一段路途，藉由火車沿著軌道穿過山洞象徵人生旅程的前進，訴說「一路／突破夜黑，引妳仰望第一顆啟明」的心意。

花蓮是牽手的故鄉，自然成為詩人心中另一個家鄉，描寫太魯閣國家公園的〈在砂卡礑溪〉，以溪流貫串全詩，隨著水聲，可以看見野鹿、紅嘴黑鵯的蹤跡，瀑布、巨石的壯闊，部落的吆喝、樁杵、祭典與鼓聲，還有「漢人開山、日軍征伐的槍聲砲聲」，為1914年太魯閣抗日戰役的歷史留下紀錄。〈印象花蓮〉既寫花蓮中央山脈、太平洋、奇萊北峰、秀姑巒溪、太魯閣峽谷、立霧溪等山海景觀，亦寫四大族群共同打拼的精神，展現「阿美、泰雅、平埔與漢人合力開墾的野原」的人文之美。

迴響，臺灣的孩子

向陽的童詩〈臺灣的孩子〉，則是以地景作為臺灣島嶼各個角落的象徵：

臺灣的孩子
在淡水河邊歌唱
海峽的風拂動他們的衣裳
為他們打造的城市正逐漸茁壯
湛藍的天空俯瞰他們細小的足跡
美麗的世界等待他們開創

臺灣的孩子
在濁水溪旁歌唱

高聳的中央山脈含笑聆聽他們瞭亮的嗓
劃破天際，風一般吹過田舍與農莊
滿天的星星偷偷記下他們睡前的希望
醒來張眼就看到燦爛的陽光

臺灣的孩子
在高屏溪上歌唱
亮麗的平原翻動著稻穗的金黃
黝黑的肌膚在椰子樹下發出光亮
大海伸出雙手擁他們於壯闊的胸膛
乘風破浪，他們寫下臺灣的夢想

從空間來看，三個段落從北部的淡水河開始，接著是中部的濁水溪、南部的高屏溪，三條河流分別代表臺灣海峽、中央山脈、嘉南平原，也是臺灣每一片土地的象徵。由事件觀之，孩子們用雙腳開創自己的世界，在星空下編織夢與希望，不畏風浪迎向夢想，這首詩是詩人對下一代的期許，希望臺灣的孩子勇敢踏出逐夢的步伐，開創自己的夢想，成就臺灣的未來。

向陽指出，收入翰林版童詩國小六年級國語課本的〈臺灣的孩子〉，是他第一首被選入小學課本的詩作，他感謝編審委員的青睞，讓他的詩有機會被小學生閱讀。這首詩同樣為他牽起文學的緣份，臺中市國安國小六年級的張瀞文老師，曾是他《自立晚報》的年輕同事，張老師2014年年底教到這一課課文時，鼓勵班上的小朋友用「臺中的孩子」當題目，創作自己的詩篇，並集結作品當成2015年的新年賀禮寄到臺北給他，除了作品集之外，張老師也個別列印下孩子們的作品，希望他能給予小朋友一些鼓勵，他逐一閱讀並寫下修改建言，回寄給臺中的孩子們，不久後他又收到師生寄來的謝卡，天真的小朋友在卡片上寫著：「如果能跟您見面，我一定會當面跟您道謝」，讓他既感謝又感動。

「我會繼續為臺灣寫詩！」向陽堅定說，他同時以「書寫是有土地的，不能只顧看自己」來闡明自己的寫作態度，他相信風景無所不在，當世界與心靈產生共鳴，土地的記憶就是最值得書寫的風景，南投是他的精神原鄉，故鄉的山脈、茶園都映照著他的青春、他的夢想，成為支持他持續創作的動力，他期許大家都能觀照所生所長的這片土地，提起筆為臺灣寫詩，記錄島嶼上所有美麗與感動的人事物。

本文原刊載於2019年12月《吹鼓吹詩論壇》第39期

詩歌與生命的交響
——向陽的土地戀歌

口琴埋下的音樂種子

父親在南投縣鹿谷鄉廣興村開設的「凍頂茶行」，不僅賣茶，更兼賣圖書、文具，讓向陽的童年充滿茶香及書香，他喜歡倒一杯清香的茶，從書架取一本書，享受一個人的閱讀時光。對文學近乎狂熱的向陽，讀完店裡整面牆的書籍後，索性拿家中代售的郵票向臺北的書店郵購買書，從《詩經》到《離騷》，一點一滴打開向陽的文學視野，不論是《詩經》、《楚辭》，還是唐詩、宋詞、元曲，都可以演唱，從中可見詩與歌密不可分的關係，帶給向陽無形的影響，讓向陽創作時進一步思考詩的音樂性與內在節奏。

「凍頂茶行」也為向陽的生命帶來音樂的啟蒙，蝴蝶牌口琴是家中小店販售的商品之一，基於對音樂的嚮往，國小的向陽拿了一把口琴自學，就這樣無師自通，吹起了口琴。當時大自然的一切都是孩子們的玩具，向陽也學會以樹葉為笛，用葉片吹奏出聲音，就讀竹山高中後，向陽成為學校樂隊的小喇叭手，到了大學時期，還有同學教拉他小提琴，只可惜無法拉出優美的旋律，後來便作罷。

向陽一方面對演奏樂器充滿興趣，另一方面，夢想著自己的作品能變成歌曲傳唱，1970年代適逢臺灣現代民歌興起，楊弦譜曲余光中詩作，遠流出版社發行黃春明的《鄉土組曲：臺灣民謠精選》，李雙澤更在淡江的民歌演唱會抛出「我們為什麼不唱自己的歌」的提問，許多年輕創作者都投入民歌創作，帶動校園民歌風潮，當時正在文化學院念書的向陽自然也是躍躍欲試。

第一首歌詞〈夜已深深〉創作於1977年3月，當時向陽大四，好友鄒錫賓擔任活動中心幹事，正在準備校內「現代民歌展」的表演，拜託向陽幫忙寫歌詞，再由他作曲，同年6月29日，向陽也在《中國時報》人間副刊發表散文〈夜已深深〉，闡述面對畢業將至的心情，以及自我的內在對話。第二首歌詞〈令我不捨依依〉同樣從畢業感慨出發，由鄒錫賓譜曲，1977年6月刊登於學校畢業特刊首版，並在學校的畢業晚會演唱。

〈夜已深深〉、〈令我不捨依依〉這兩首歌都被向陽稱為「一夜之歌」，僅在校內表演曇花一現，未能廣為流傳。或許是少作未能傳唱的遺憾，也或許是無法忘情音樂夢的原因，向陽出社會工作後，買了一臺電子琴，每天在家裡彈奏，甚至自己寫詞作曲，要妻子方梓與女兒當聽眾。向陽回憶說，他每天在大樓7樓用電子琴彈奏臺語流行歌曲與自創曲，不亦樂乎，當時樓下鄰居是音樂家饒大鷗，樓下也每日練習低音提琴，他的亂彈與樓下的古典音樂演奏成為鮮明對比，有一回，方梓搭電梯遇見鄰居，鄰居還好奇地問家裡是誰在彈琴，稱讚他彈得不錯。

軍旅時期遇知音

向陽在大學階段確立了「臺語詩」與「十行詩」兩道書寫路線與個人特色，當時仍屬戒嚴時期，就連布袋戲都被要求以國語播出，「臺語詩」非主流，身旁的朋友都勸向陽「寫臺語詩無法成為大詩人」，但想用父母的語言寫詩的信念，驅使向陽堅持下去。1976年4月發表在《笠》詩刊72期的〈阿爹的飯包〉，因為主編《聯合報》副刊的詩人瘂弦安排田新彬訪談向陽，並於1978年11月18日《聯合報》副刊刊出〈向陽將寫「臺灣史詩」──一位青年詩人的創作宏願〉，該文選錄了詩作〈阿爹的飯包〉，讓民歌手簡上仁注意到這首詩，輾轉透過《聯合報》連繫正在軍中服役的向陽，希望能讓他譜曲〈阿爹的飯包〉。

向陽表示，素昧平生的簡上仁寫了一封信給他，大意是說讀了他的詩很感動，能否同意他為〈阿爹的飯包〉作曲，當兵時收到《聯合報》副刊轉寄來的這封信，覺得非常驚喜，他曾經想像自己的詩作變成歌曲，透過音符的翅膀，被更多人聽見，沒想到真的遇見知音，而且選的作品是大家都不看好的臺語詩。當時臺語用字還沒標準化，他參考歌仔冊，因此父親選用「阿爹」，簡上仁作曲時為求口語化，「阿爹」改成了「阿爸」。

〈阿爹的飯包〉以孩子的視角說故事：

每一日早起時，天猶未光
阿爹就帶著飯包

騎著舊鐵馬，離開厝
出去溪埔替人搬沙石

每一暝阮攏在想
阿爹的飯包到底什麼款
早頓阮和阿兄食包仔配豆乳
阿爹的飯包起碼也有一粒蛋
若無安怎替人搬沙石

有一日早起時，天猶黑黑
阮偷偷走入去竈腳內，掀開
阿爹的飯包：無半粒蛋
三條菜脯，蕃薯籤參飯

首段刻劃父親每日早起、辛勤工作的身影，次段進入孩子的思緒，明白父親工作的勞苦，因此孩子想像父親的便當盒裡，應該會有營養的雞蛋，到了第三段，好奇心讓孩子比父親更早起床，偷偷打開飯盒，只見蕃薯籤多於飯，以及唯一的配菜蘿蔔乾，對應於第二段孩子們的早餐是肉包和豆漿，父親對子女的愛不言而喻。

〈阿爸的便當〉1980年1月在實踐堂「好歌演唱會」初試啼聲，引發許多共鳴，之後不少專輯都曾收錄，像是1984年四海唱片的《鄉土新聲》、1994年飛碟唱片的《咱兜》、2009年華納出版的《咱兜》等。儘管〈阿爸的便當〉曾因「臺灣沒有那麼窮」為由，被列為禁歌，但1980年可說是向陽詩作成為歌曲的起點，「家譜」系列臺語詩的其他作品，〈阿公的薰吹〉、〈阿媽的目屎〉、〈落魄江湖的姑丈〉、〈搬布袋戲的姊夫〉等詩同樣被簡上仁譜曲，經由簡上仁的音樂詮釋與全臺巡迴表演，讓臺語詩與本土音樂結合，發揮更深刻的感染力。

身在軍旅的向陽依然繼續寫作，當時還是工兵的他先在樹林受訓，後來又去了小港、中壢龍岡、苗栗、桃園虎頭山，不斷換地點的不確定性，加上深怕女朋友林麗貞（筆名方梓）被別人追走，向陽前前後後寫下十一首情詩。後來〈瀑布十分〉、〈菊歎〉、〈海笑〉、〈野渡〉、〈庭階〉、〈旅途〉、〈信痕〉、〈燈前〉、〈過山〉、〈雨箋〉、〈愛貞〉全數收錄進詩集《種籽》的輯二「愛貞篇」。其中創作於1978年12月的〈菊歎〉，被李泰祥寫成歌曲，由知名歌手齊豫演唱，1983年收入金聲唱片《你是我所有的回憶》專輯，深獲歌迷好評，隔年這張專輯也獲頒第8屆金鼎獎最佳唱片獎，如今〈菊歎〉一曲走過三十幾個年頭依然歷久彌新，還被粉絲封為「齊豫國國歌」。

向陽指出，古典詩講求音韻，現代詩則不拘泥於押韻，過去古詩很多人吟唱，現代詩卻很少，直到1970年代民歌運動，才帶動音樂人將現代詩寫成民歌的熱潮。當時余光中的〈海棠紋身〉、白萩的〈雁〉、蓉子的〈青夢湖〉、羅門的〈水天吟〉等詩皆由李泰祥譜曲，他以三毛作品寫成的〈橄欖樹〉更是齊豫代表作，身為一個沒沒無聞的年輕詩人，〈菊歎〉能夠受到音樂家青睞，通過李泰祥的旋律與齊豫的美聲，讓現代詩與流行音樂擦出新的花火，他覺得非常榮幸。

愛荷華寫作計畫的因緣

1985年9月，向陽獲得柏楊、高信疆之推薦，應聶華苓邀請，前往美國參與愛荷華國際寫作計畫。在美國短期交流三個月，這段旅程接觸到的人事物，開拓了向陽的視野，他見到流亡海外的黑名單，感受到知識分子無法回故鄉的苦悶，也接收到異國作品的刺激，促使他反思什麼是屬於臺灣的風格，最後向陽選定二十四節氣為詩集《四季》主軸，書寫臺灣的風土與人文。愛荷華國際寫作計畫的機緣，也為向陽帶來兩位音樂知音，音樂家蕭泰然、音樂製作人兼歌手黃韻玲。

當年蕭泰然名列黑名單不能回臺，1985年向陽到美國的因緣讓兩人見了面，蕭泰然告訴向陽，在美國的臺灣人讀到〈阿母的頭鬘〉，無不淚流滿面，他早已將詩作譜成曲，傳唱於旅美臺人社區間，希望向陽能同意授權。〈阿母的頭鬘〉寫於1976年1月，同年4月發表在《笠》詩刊，事隔近十年竟在海外引發迴響，是向陽始料未及的，他欣然授權予蕭泰然，這首歌在解嚴後，也從美國傳回臺灣。1991年另有張弘毅作曲、聲樂家簡文秀演唱的版本，收於新橋文化發行的《簡文秀臺灣歌謠》，這張專輯也在該年榮獲15屆金鼎獎唱片出版獎。

〈阿母的頭鬘〉一詩透過母親秀髮從烏黑到灰白無光的變化，象徵母親一生為家庭付出的辛勞，傳達對母親的感謝，臺美文化交流基金會1992年7月4日假臺北社教館舉辦「島國的旋律——陳文成紀念音樂會」，現場演出蕭泰然作曲的〈阿母的頭鬘〉，由女高音黃美星獨唱。再者，不少合唱團比賽均選用此曲，國立教育廣播電臺2007年8月主辦「96學年度全國學生音樂比賽」，即以〈阿母的頭鬘〉作為高中團體組的合唱指定曲，國立臺灣藝術教育館2014年辦理的「103學年度全國學生音樂比賽」，〈阿母的頭鬘〉也被列為女聲合唱大專組指定曲之一。

1986年出版的詩集《四季》，分作春、夏、秋、冬四卷，二十四首詩都以節氣命名，從立春到大寒，一應俱全。友善的狗唱片公司老闆娘黃韻玲讀了《四季》，慧眼獨具，為〈大雪〉一詩譜曲，收入1994年出版《黃韻玲的黃韻玲》專輯中。談到〈大雪〉，向陽認為這是一首很冷很冷的詩，能被未曾謀面的流行音樂歌手看見，一方面代表黃韻玲對文字的敏銳度與音樂創作的前衛性，另一方面，〈大雪〉這首詩雖然是寫屬於黑名單、無法歸國的臺灣民主運動者，但詩中孤寂的意境，用來當情歌，同樣讓人動容。

〈大雪〉成為歌固然令向陽意外，但更讓他意外的是，黃韻玲2015年在果核音樂發行的新專輯《初熟之物》，不僅將向陽詩作〈草根〉譜曲，更把〈草根〉當成主打歌。向陽說，〈大雪〉這首歌並沒有帶來他與黃韻玲認識的機會，直到二十一年後，他為了鼓勵走上街頭、反對黑箱課綱的高中生們，在臉書貼出1977年的舊作〈草根〉，藉由草根的堅毅與韌性，象徵不畏壓迫的精神，撫慰青年學子遭遇的挫折，黃韻玲深受感動，著手為〈草根〉譜曲。時間與時事的交疊，讓這首歌揉合了戒嚴時期知識分子追求自由的渴望，以及當代學子反抗霸權的勇氣，通過黃韻玲的曲調與歌聲，鼓舞他們再次站起來，也因為黃韻玲帶了Demo片讓他試聽，兩個人才第一次見面。

跨足歌詞創作與音樂劇

除了詩作被音樂人譜曲傳唱，向陽還曾為吳三連臺灣史料基金會「夏季學校」寫校歌〈看見臺灣〉，由吳文慧譜曲，向陽也有幾次與公部門合作的歌詞創作經驗，農委會1993年發行《春天的歌：田園之春鄉村新歌集》，推廣臺灣農村歌曲，其中〈阮有一個夢〉由向陽撰寫歌詞、沈文程作曲及演唱。中央選舉委員會2007年打造「反賄選歌曲」，邀請向陽撰寫國語與臺語兩版歌詞，共用郭之儀所作的曲，國語版「我們不是傻瓜呆」請來歌手黃小琥演唱，臺語版「咱不是憨大呆」則由蔡振南主唱。2016年國家人權館籌備處在綠島為政治受難者舉辦音樂會，也委請向陽作詩〈永遠的一天〉，由作曲家王舜弘作曲成歌，以合唱方式在綠島演唱，〈永遠的一天〉這首詩也在6月2日發表在《聯合報》副刊。

最特別的作詞經驗，當屬臺灣交響樂團委託向陽改寫貝多芬〈快樂頌〉為臺語版。2008年2月28日在國家兩廳院廣場登場的「以愛重生音樂會」，由文建會主辦、國立臺灣交響樂團承辦，會中邀請到臺灣交響樂團、臺北愛樂管弦樂團、臺北世紀交響樂團合奏，匈牙利籍的指揮家Tamás Vásáry擔綱指揮，千人合唱團共同演唱向陽作詞的臺語版〈快樂頌〉。

向陽回憶道，歌詞的誕生要回溯到2007年10月，他前往薩爾瓦多參加第6屆國際詩歌節，從臺灣飛往薩爾瓦多需要轉機，當他抵達目的地時正好是清晨，黎明太陽升起的美麗景象讓他印象深刻，為期五天的詩歌節安排了多場朗誦會，其中一個場次在大型劇院，他原訂要朗讀幾首自己的詩作，但站上西班牙式建築的劇院舞臺，突然念頭一轉，當場把讀詩改為歌唱，唱起臺灣的民謠〈西北雨〉，演唱完畢，現場聽眾全數起立鼓掌，讓他體悟到歌是沒有國界的語言，即使不懂彼此的文字，同樣能傳遞情感。原本毫無頭緒的〈快樂頌〉歌詞，因為這段國外際遇帶來靈感，他在回程的飛機上一邊哼著輕快的旋律，一邊寫下「心情輕鬆，樂暢歡喜，迎接咱的新時代。你我牽手，佇遮作伙，大家攏嘛笑咳咳……」展現臺灣的生命力與希望。

此外，2004年唐美雲曾在演唱會以歌仔調演唱向陽詩作〈寫互春天的批〉與〈我有一個夢〉，為向陽詩歌提供另一種演唱可能。時序來到2010年，向陽的詩作受到音樂時代劇場注目，音樂劇《渭水春風》挑選了〈世界恬靜落來的時〉、〈秋風讀未出阮的相思〉、〈夢中行過〉，由飾演蔣渭水的殷正洋與飾演陳甜的洪瑞襄演唱，優美而動人心弦，該劇也取材敘事詩〈霧社〉，將最後一段譯作賽德克語，歌名命為〈射日的祖先正伸手〉，由劇中的賽德克長老演唱，傳達霧社事件的悲壯，四首作品都由冉天豪譜曲。2012年音樂時代劇場推出新作品《東區卡門》，這齣展現21世紀都會女性愛情的音樂劇，劇中選用了向陽詩作〈行旅〉來演唱。

〈世界恬靜落來的時〉、〈秋風讀未出阮的相思〉這兩首詩屢受音樂人與獎項青睞。〈世界恬靜落來的時〉累計已有陳瓊瑜、潘皇龍、冉天豪、賴德和、黃立綺、劉育真、游博能、石青如八種譜曲版本，其中，陳瓊瑜、潘皇龍作曲的〈世界恬靜落來的時〉，曾在「我們的詩人，我們的歌」音樂會演出，後收進中華民國聲樂家協會出版的《你的歌我來唱3——當代中文藝術歌曲集》，並入圍第21屆傳統暨藝術音樂金曲獎最佳作詞人獎。〈秋風讀未出阮的相思〉目前有林福裕、冉天豪、石青如、吳栯禔四種編曲，冉天豪譜曲的〈秋風讀未出阮的相思〉，收錄於音樂時代劇場發行的《臺灣音樂劇三部曲《渭水春風》首演原聲唱片》，更讓向陽在2012年抱回第23屆傳藝金曲獎最佳作詞人獎。

藝術歌曲推陳出新

2017年第28屆傳藝金曲獎，向陽以〈阿爹的飯包〉再次勇奪最佳作詞人獎，收錄於《土地的歌：石青如合唱作品》專輯的這首歌，選錄了福爾摩沙合唱團2016年10月23日在國家音樂廳演出「土地的歌石青如與向陽的對話」音樂會的作品，所有曲目都是向陽作詞、石青如作曲的組合，專輯作品依序為：〈世界恬靜落來的時〉、〈寫互春天的批〉、〈講互暗暝聽〉、〈秋風讀昧出阮的相思〉、〈阿公的薰吹〉、〈食頭路〉、〈傀儡戲〉、〈村長伯仔欲造橋〉、〈草猴〉、〈貓仔〉、〈八家將〉、〈阿爸的飯包〉、〈猛虎難敵猴群論〉、〈烏罐仔裝豆油證〉。

其實早在2007年，蔣渭水文化基金舉辦「最美的土地．最美的歌」演唱會，就邀請石青如譜曲〈阿公ㄟ薰吹〉、〈傀儡戲〉、〈食頭路〉、〈村長伯仔欲造橋〉、〈闇風和溪水〉、〈搖子歌〉六首向陽臺語詩，由福爾摩沙合唱團演奏，並錄製《最美的土地．最美的歌：臺灣當代合唱音樂精選集》。爾後福爾摩沙合唱團每一次演出，曲目幾乎都有向陽詩作，到了2016年十年有成，不只是在音樂會一舉演出，向陽也親臨現場擔綱導聆。

不只是石青如，向陽的藝術歌曲知音尚有鋼琴家葉青青、作曲家賴德和與林少英。葉青青先是在中原大學2015年10月15日的「詩與樂的結合——中文藝術歌曲」，負責鋼琴演出，與女高音李葭儀、男高音林義偉合作，演出向陽臺語詩〈世界恬靜落來的時〉的潘皇龍、陳瓊瑜、賴德和三種作曲版本，以及蕭泰然作曲的〈阿母的頭鬘〉，緊接著在國立臺南藝術大學2016年11月5日至7日舉辦的「2016鋼琴合作藝術國際研討會——鋼琴與聲樂的二重奏作品」，她發表論文〈從三位作曲家同譜一首詩作來探討演奏（唱）詮釋比較——以〈世界恬靜落來的時〉為例〉。

鋼琴家葉青青更在2018年推出「世界恬靜落來的時——向陽詩選歌樂創作」音樂會，以向陽詩作為核心，集結多位作曲家之創作，透過她的鋼琴演奏與女高音黃莉錦、林孟君及男高音林義偉的聲樂演唱，詮釋了潘皇龍、陳瓊瑜、賴德和各自譜曲的〈世界恬靜落來的時〉、蕭泰然作曲的〈阿母的頭鬘〉、李和莆譜曲的〈搖子歌〉、賴德和作曲的〈咬舌詩〉、蕭慶瑜譜曲的〈問答〉、周久渝作曲的〈念奴嬌〉，以及謝宗仁所作的四首曲子〈早時連暗時〉、〈有影的參無影的〉、〈夢見我的鏡〉、〈鏡是一片門〉。相關歌曲都收錄進葉青青擔任製作人、十方樂集2018年12月出版的《2018我們的時代・我們的歌－中文、臺語藝術歌曲專輯》，專輯共有五片CD，歌詞全都取材於現代詩，專輯中的〈咬舌詩〉由賴德和作曲，讓向陽入圍2019年第30屆傳藝金曲獎最佳作詞人，更讓賴德和獲頒第30屆傳藝金曲獎「最佳作曲獎」。

也是2018年，向陽教書的北教大人文藝術學院以他的臺語、華語詩作為本，由該校音樂系師生譜曲，在雨賢廳舉辦了一場「抽詩剝繭：向陽原創詩集音樂會」，上半場演出〈咬舌詩〉、〈春天的短歌〉、〈春分〉、〈穀雨〉、〈大暑〉、〈秋分〉、〈大雪〉七首作品，以詩集《四季》為主軸，下半場演出七首抒發人間情愛的作品，計有〈行旅〉、〈與海洋一樣〉、〈心事〉、〈茫霧〉、

〈山茶花〉、〈相思〉、〈臺灣的孩子〉。

作曲家林少英則以交響詩的形式，再現向陽寫於1979年、榮獲時報文學獎敘事詩類優等獎的長詩〈霧社〉，2016年12月由延伸有聲出版有限公司出版純音樂演奏的《霧社交響詩：賽德克悲歌1930》，以及結合向陽朗讀和交響樂的《霧社：向陽敘事詩X林少英交響曲》。向陽指出，長達三百多行的〈霧社〉，以臺灣歷史上的「霧社事件」為描寫題材，期能「以詩紀史」，時隔三十多年，林少英的作曲賦予〈霧社〉新生命，引導大家再一次關注臺灣無法磨滅的曾經。

無心插柳詩成歌

向陽以「無心插柳柳成蔭」形容自己的詩詞譜曲因緣，大學時期開始嘗試耕耘臺語詩，不但沒有人看好，連本土刊物的前輩都勸他不要用母語寫作，1985年出版臺語詩集《土地的歌》，在詩壇引發的關注有限，沒想到在音樂圈卻持續發酵，先是簡上仁譜曲〈阿爸的便當〉等詩，傳唱至今，繼有石青如從2007年開始持續譜曲，由福爾摩沙合唱團演出，而後又有灣聲樂團邀請他2018年5月共同在誠品演藝廳演出「寫予土地的歌詩」，音樂讓他的臺語詩有了新的表現與風貌。保守估計，他被古典樂界和流行樂界譜成歌曲的詩作已超過五十五首。

向陽轉化羅蘭巴特的「S/Z」來闡述詩與歌的特質，他的詩作書寫臺灣，就像英文字母Z那樣有稜有角，而柔美的樂曲和歌聲，讓文字變得柔軟，英文字母Z因而化身為曲線溫暖的S。向陽說，他寫詩是訴說土地的故事，《土地的歌》收錄了三十六首詩，每一首都是一個故事，當詩與歌產生交會，音符能引導大家感受生命的溫熱，帶來更深刻的共鳴，隨著音樂的旋律，他彷彿也回到在陽明山寫詩的年少時光，他由衷感謝每一位曾演繹他詩作的音樂人。

本文原刊載於2020年9月《吹鼓吹詩論壇》第42期

從好山好水到斯土斯民
——林柏維的文學光譜

林彧在〈天窗裡的星星〉一文回憶道，童年居住的那棟木屋，臥房天花板有著一片小小的天窗，兄弟倆經常在夜裡，望著天窗中的星星許願，哥哥向陽想當科學家，他左思右想後決定當音樂家，弟弟林柏維當時年紀尚小，在一旁含著糖果安然入夢。

後來那些星空下的願望雖然沒有實現，但三兄弟都成為詩人，13歲許下詩人大夢的向陽，大學階段即開展出「十行詩」與「臺語詩」兩大風格，曾獲吳濁流新詩獎、國家文藝獎、美國愛荷華大學榮譽作家、臺灣文學獎新詩金典獎等殊榮；林彧1982年7月以連載的形式，在《中國時報》副刊發表一系列都市詩作品，綻放詩的光芒，備受注目，爾後更獲頒中國時報文學獎新詩推薦獎、創世紀30周年新詩創作獎、金鼎獎等獎項；大學就囊括首屆輔仁文學獎散文組第1名、新詩組第2名的林柏維，走上臺灣史研究的道路，輔大畢業後進入中國文化大學攻讀碩士、博士，把青壯年歲月都交付給了研究及教學，終於在2018年推出第一本詩集《水沙連》，緊接著2019年再出版《天光雲影【籤詩現代版】》，詩人的感性裡蘊藏著史學家的知性，展現出林柏維特有的文人氣質。

文學連結史學的臺灣史書寫

其實早在15、16歲左右，林柏維就受到兄長們的啟發，跟著向陽、林彧爬格子，高中時期他擔任竹山高中文藝社社長、青年社社長，以筆名林凡投稿，創作屢獲肯定，並先後獲得南投縣青年郊遊寫作比賽第1名、南投縣青年文藝營寫作比賽第1名、中國語文學會全國中等及公立專科學校國文獎金特等獎，大學時期主編輔仁歷史系通訊、青年社刊物，作品亦散見於《中華日報》、《青年戰士報》、《臺灣時報》、《自立晚報》等報刊。當年向陽與陌上塵、張雪映、陳煌、李昌憲、莊錫釗、林野、沙穗等人共同創辦「陽光小集」詩社，發行刊物《陽光小集》，就讀輔大歷史系的林柏維也曾參與《陽光小集》詩雜誌的美編工作，可說是與詩、與文學一直有著密不可分的關係。

林柏維的求學時代仍屬戒嚴時期，史學研究以中國史為大宗，林柏維會進入臺灣史的小徑，正是因為現代詩。向陽1980年以〈霧社〉一詩榮獲時報文學獎敘事詩類優等獎，這首長詩選用日治時期的原住民抗日行動「霧社事件」為主軸，紀錄下臺灣歷史，臺灣史詩〈霧社〉喚醒了林柏維對於臺灣史的好奇與渴望。林柏維表示，從學生時代開始，他就一直很納悶，為什麼教科書談到臺灣史不是空白，就是一筆帶過，為什麼日治臺灣長達五十年，這段歷史的時間軸明明距離現在很近，相關文獻卻相當匱乏，彷彿臺灣史是不能觸碰的禁忌，其後為了釐清那些困惑，為了彌補對臺灣史的無知，他的碩士研究選擇以日治時代的「臺灣文化協會」為觀察對象。

1993年林柏維修改增補碩士論文《臺灣的民族抗日運動團

體——臺灣文化協會之研究（1921~1927）》，出版學術論著《臺灣文化協會滄桑》，為臺灣文化協會研究奠定根基。1995年全國文藝季，臺中市政府選定「文化協會的年代」當主題，舉辦一系列活動，邀請林柏維為展出的資料照片撰寫圖說，隔年臺中文化局進一步出版《臺中市珍貴古老照片專輯2：文化協會的年代》，透過史料紀錄，讓更多人認識「臺灣文化協會」與日治年代的新文化運動。

有感於臺灣罹患慢性病「智識的營養不良」，需要文化運動來解決此一問題，蔣渭水醫師集結地方仕紳和知識份子，在1921年10月17日創立「臺灣文化協會」，透過發行刊物《臺灣民報》、設立讀報社與書局，巡迴全臺舉辦講習活動、辦理夏季學校，推動新文學與新劇、放映電影等多元形式，啟蒙民眾的臺灣意識「臺灣是臺灣人的臺灣」，同時協助「臺灣議會之父」林獻堂提倡的民主運動「臺灣議會設置請願運動」。

林柏維指出，東京臺灣留學生於1920年組成「新民會」，並創刊《臺灣青年》，連帶影響了臺灣的社會運動與文化思潮，先前留日青年尚有「應聲會」、「啟發會」等組織，臺灣島內「臺灣文化協會」的成立，是地方傳統仕紳、海外留學生、臺灣知識菁英三道力量的結合。綜觀日治時期的抗日運動團體，規模數一數二的「臺灣文化協會」，一方面推動文化啟蒙運動，發揮社會影響力，另一方面，參與了為期最久、歷時十四年的臺灣人政治運動，知識菁英爭取設置臺灣議會，是日治年代第一個強調啟蒙運動的臺灣團體，有承先啟後的意義，亦有其代表性，因此他選擇「臺灣文化協會」為研究範疇，希望能為臺灣歷史補白，透過「臺灣文化協會」的行動，映照當時的社會思想與發展，記錄臺灣菁英開創的「狂飆年代」，更願能鑑古知今。

延續碩士班階段對「臺灣文化協會」的關注，林柏維1993、1994年於《自由時報》副刊與《醫望》雜誌，發表一系列日治時期社團領袖、知識份子、媒體先鋒、文學推手、藝術先驅、在臺日人等各界代表的人物書寫，2007年集結為傳記《狂飆的年代——近代臺灣社會菁英群像》出版。林柏維談到，他在大嫂方梓的鼓勵下，著手撰寫歷史人物，期盼透過深入淺出的文字，以及書中人物的事蹟，帶領大眾重新看見日治時期的臺灣，了解這座島嶼發生的故事。

1997年開始，林柏維開設臺灣史相關課程「歷史專論」，為了讓學生可以更完整、更有系統地認識臺灣歷史，他乾脆將自編講義寫成專書，2001年出版《臺灣的社會變遷》，分成海洋臺灣、臺灣的原住民、荷鄭時期的臺灣社會、滿大人的邊陲、移墾社會的建立、帝國主義下的臺灣、社會菁英與社會運動、亞細亞的孤兒、國際加工基地、臺灣經驗十個主題，介紹臺灣社會的發展及演進，書末附有「臺灣歷史年表」，一欄為臺灣紀事，另一欄為中國、日本及世界紀事，重要歷史事件一覽無遺。

投入臺灣史研究與教學的同時，林柏維也希冀有更多後續研究者論述臺灣歷史，2008年出版的學術專書《密碼與光譜：臺灣為中心的歷史知識論》，不只是梳理了歷史書寫、歷史詮釋的方法，期能拋磚引玉，引領有志者為歷史解碼，更提出「書寫歷史已不再是專業史家的特權，平民的大眾史學應是大眾所趨」的呼籲，號召大家共同完成臺灣歷史書寫拼圖。

夢迴鹿谷，詩情水沙連

林柏維的老家在車輗寮，即現今的南投縣鹿谷鄉廣興村，戰後林木採伐盛行，廣興是重要的木材集散地，父親林助原本與堂叔父一起從事相關事業，後來在村裡開設小店「凍頂茶行」，最初只賣茶，之後兼賣圖書、文具與各式日用品，正因為店裡擁有一面書牆，讓林柏維的童年除了山野奔跑的記憶，更多了對文學的嚮往與熱愛。林柏維回憶說，當時大哥向陽就拿家裡賣的稿紙和郵票寫作投稿，二哥林彧也在日記上寫作，而他把對世界的想像、對生活的感動寫在永恆的記憶中，誰也沒想到，三兄弟日後都踏上文學的路，或許那段與大自然對話的山谷歲月，以及在老家「凍頂茶行」輪流閱讀的時光，就是孕育他們三兄弟的文化搖籃。

從文學走向史學研究的林柏維，碩士班畢業、服完兵役後，旋即投身教職，建構臺灣歷史的使命感讓他暫停了創作，直到2004年，林柏維終於出版了介紹家鄉鹿谷的《鹿谷茶飄香》，這是他第一本散文集，從南投的好山好水與山村童年記憶出發，娓娓道出鹿谷的歷史與人文。2018年獲南投文化局獎助、入選南投縣文學作家作品集的詩集《水沙連》，則是林柏維的首部詩集，書名選用竹山、鹿谷、集集區域的舊地名「水沙連」，由此即可感受到他對故鄉南投的用情之深。《鹿谷茶飄香》、《水沙連》兩本書都收錄有林柏維拍攝的照片，顯見家鄉的一點一滴，早已成為詩人細細收藏的風景。

詩集《水沙連》總計收錄一百首詩作，分為五個單元，第一輯「四行」，詩如其名，每一首作品都是四行的形式，詩人將風景轉化為哲思，文字雖少卻是餘韻無窮，例如〈山水圖〉：

風聲在雲的走動裡竊笑

流水被蒼茫刪除

山路冷冷回顧

問我從哪裡來

雲的飄動是因為風的經過，詩人不直寫風吹動了雲，而是讓看得到的雲當走動的主體，看不見的風以聲音的姿態出現，值得注意的是，「竊笑」可作兩種解讀，一是偷偷地笑，二是偷走了笑，「風聲」同樣具備多義性，包含風的聲響、消息、聲望等意思，首行詩句雖然僅有十個字，卻充滿詮釋的可能，寫自然其實正是寫人生。詩末，「問我從哪裡來」將視角從外界移至詩人的內在世界，是對生命意義的叩問，亦是行遠必自邇的感悟。

第二輯「草葉」以植物為詩題，看似詠物，實則寄情於草木，〈咸豐草〉寫離鄉飄泊的思念，〈洋蔥〉寫愛情的層層心事與百般滋味，〈羊蹄甲〉由樹名連結到山羊，由花形聯想到蝴蝶，〈洋紅風鈴木〉寫春景也寫佳人，〈菩提樹〉結合佛家成道的典故，〈大葉欖仁〉藉由「欖仁」、「懶人」、「攬人」的同音異字，將植物擬人化。

懷念早逝父親的〈樟樹〉，則疊合了人與樹的身影：

那年，父親帶我上山

植下樟樹，在凍頂

砍我斧我鋸我
變身柴薪梁柱船板
熬我煉我蒸我
幻化膏脂精油霜丸

後來，父親埋入土裡
長成樟樹，在我心

鹿谷原名「羌仔寮」，據林柏維考察，《彰化縣志》寫作「獐仔寮」，《雲林縣采訪冊》為「漳雅庄」，這些發音都與樟樹的臺語「樟仔」相近，「羌仔寮」之名或許不是鹿群之谷，而是滿山樟樹。當時樟樹原木、樟腦等產物都是當地重要經濟作物，林柏維的父親也曾經營木材業維生，〈樟樹〉一詩的「我」，是樹苗也是下一代，樟樹種植、生長、採收、砍伐的過程，呼應著山村經濟發展，是父執輩拉拔孩子的辛苦，更是「前人種樹、後人乘涼」的愛，父親雖已辭世，卻在子女心中成為永恆的印記。

第三輯「水沙連」記錄家鄉南投的人事物，包含水沙連、合歡山、雲海、溪頭神木等風景，以及莫那魯道、向陽、林彧等人物。其中，以故鄉廣興村舊名為題的詩作〈車輄寮〉，正是家鄉發展的縮影：

童年的我像樹一樣
種在這裡

杉木搭乘輕軌車，節節
順著鳳凰山裙擺而下
人聲擠滿酒肆旅店
交易此起，市集彼落

祖師公香火繚繞石城
大埤訴說國永扛石、憨邊掃街傳奇
白鷺鷥飛翔九寮坑，逐夢過坑
鄉音輕叩柑仔店，繁榮遺忘頂廣興

筆直道路切開村庄胸膛
美麗埋葬風華

觀光替代竹筍
遊客消滅凍頂茶
老街穿上醜陋的文化創意
賢德可嘉碑落荒而逃

天光雲影留住閣樓窄窄的窗
我頹唐如寂寥街道

車輄寮位居大坪頂中央，是竹山與溪頭的中繼站，車輄寮恰好是「輕軌車」的最後一站，自然成為木材的轉運站，周邊也因此有了熱鬧的市集，盛極一時。然而，隨著車溪公路開通，車輄寮的地理優勢不再、林業風華不再，大坪頂的茶香與筍香，成為轉型觀光的後盾，溪頭森林遊樂區為山村帶來觀光人潮，可惜開發難免與破壞並存，老家前的石碑文物「賢德可嘉碑」早已不在原址，老街冠上文創之名成為四不像，只剩童年仰望天窗、想像未來的記憶，不免讓詩人感到唏噓。

第四輯「人間」與第五輯「塵埃」都觀照生活，有詩人回首詩路的感懷、愛情的惆悵，也有對戰爭難民的關懷、對環境生態的憂心，以及網路時代的省思，〈嫁〉則是閱讀詩友楊子澗詩作〈大洋的陽光與風〉有感而發的情詩。林柏維提及，詩集《水沙連》的誕生，要感謝臉書讓他重拾詩筆，他從2016年7月開始在個人臉書發表詩作，後來閱讀詩友們的臉書作品，從中獲得新的靈感，也嘗試以同樣的題材進行創作，或以詩書寫讀詩心得，近年來不時與楊子澗、謝振宗等老友相互唱和，就這樣越寫越多。此外，不得不感謝重要的推手，大哥向陽偷偷把他的詩作投稿給詩刊，讓睽違詩壇三十多年的他重出江湖。

傳統籤詩，現代詮釋

林柏維因教職定居臺南，第一本詩集《水沙連》由故鄉南投文化局出版，第二本詩集《天光雲影【籤詩現代版】》則獲得新家鄉臺南文化局獎助，全書從「媽祖六十甲子籤」出發，詩人不侷限於籤詩原意，透過籤詩意象點燃現代詩的想像，賦予籤詩新的生命。尼采曾提出「精神三變」的概念，認為人的精神變化有三階段，一開始是駱駝，遵循傳統、背負過去的價值，當意識到傳統的束縛後，會變成獅子，嘗試掙脫與改變，改變有時也是破壞，最後變成嬰兒，代表破壞後的重生，林柏維的現代籤詩，正涵括了精神的三種形變，體例上延續傳統的四行，意義上試圖翻新，六十首集結成冊，展現出籤詩的新風貌。

選擇籤詩當創作題材，源於高中的偶然，林柏維回憶說，大約在1975年，當時就讀臺中一中的他，假日閒逛到寶覺寺，看見笑口常開的彌勒佛佛像斜坐庭外，石碑上寫著「大肚包容了卻人間多少事，滿腔歡喜笑開天下古今愁」，留下深刻的印象。沒想到事隔四十年後，他重返故地，景物雖然物換星移，那尊彌勒佛像卻依舊在原地，彷彿想告訴他什麼似的，當天他隨手在寺廟抽了一張甲子籤，回家後將籤詩放在書桌的玻璃墊下，一放就是兩年，2017年時突然靈光一閃，興起現代詩寫籤詩的念頭，系列創作同樣以臉書作為最初的發表場域，獲得諸多詩友鼓勵提點，就這麼寫寫停停，歷時一年總算完成六十首作品。

「六十甲子籤」常見於媽祖廟與王爺廟，臺灣海峽俗稱「黑水溝」，水流湍急且險惡，早期漢人移民橫渡臺灣海峽往往生死未卜，船上通常會供奉媽祖神像，祈求媽祖保佑航程一切平安，移民定居臺灣後，媽祖也成為重要的精神寄託，並發展為地方主要信仰，因此「媽祖六十甲子籤」在臺灣廟宇相當常見。每張籤詩都有廟名、序號、卦頭故事、籤文、解曰等訊息，籤文通常採用七言絕句的形式，神明的指引就在其中。林柏維筆下的詩作同樣暗藏玄機，充滿設計巧思，等待讀者解密，例如：第六首甲戌籤〈暴雨〉與第九首乙巳籤〈殿堂〉，兩首詩都有藏尾的伏筆，四行詩句取其末字相連，〈暴雨〉是「哭淚球來」，「淚球來」正呼應著「哭」，心有所苦，才會把暴雨當成眼淚，〈殿堂〉之尾則是「青山徑路」，隱喻著有山就有路。

第十二首乙亥籤〈波平浪靜〉全詩採用方正結構，四行每行都是十三個字，藉由形式的完整，強化平靜、安穩的感覺，結構整齊的表現手法也出現在第二十一首丁巳籤〈佛光〉、第二十五首戊子籤〈烏雲〉、第二十六首戊寅籤〈須折〉、第三十五首己酉籤〈隨風〉、第三十九首庚辰籤〈靜觀〉、第四十三首辛丑籤〈清風〉、第四十九首壬子籤〈憂慮〉、第五十一首壬辰籤〈行路難〉、第五十六首癸卯籤〈拖磨〉、第五十七首癸巳籤〈安慮〉及第五十八首癸未籤〈養病〉，詩人在形式的框架裡，以文字突圍，不斷推陳出新。第十六首丙午籤〈無為〉、第二十首丁卯籤〈失路〉、第五十五首癸丑籤〈懷壁〉等詩，則屬於方正結構的變體，前三行字數相同，唯獨第四行句子變短，因而有突顯和強調語氣的效果。

觀察詩作內容，可以發現，有別於傳統籤詩常見動物作為時間象徵，林柏維的籤詩現代版常以自然意象當主軸，比如：第二十五首戊子籤，傳統籤詩是這麼寫的：「總是前途莫心勞，求神問聖枉是多，但看雞求日過後，不須作福事如何」，第三行的「雞」點出事情明朗化的時間，「雞」可以視為生肖年，也可以對應地支，解讀為「酉」時，林柏維的現代版籤詩〈烏雲〉則以太陽與烏雲為主角：

蒼穹不滿晴日嬌貴，臉沉下來
黑暗隨著雲雨沉下來佔據山巒
只留一路供神祇遠遊，去去去
陽光學會謙虛，烏雲自會回家

首句說太陽過於嬌貴，成為烏雲出現的原因，隱喻著自滿必遭挫折，到了第三行出現轉機，儘管烏雲帶來黑暗，仍留有一路神明遠遊的通道，意味著永遠存在希望，最末，拋出謙虛的提醒，不卑不亢自然能讓烏雲退散。

黑暗中仍有曙光正是《天光雲影【籤詩現代版】》的主要調性，第一首甲子籤〈晴〉，起首即是「陽光一現」，詩集裡更是俯拾即是「春光」、「月光」、「星輝」、「夏日」、「夕照」、「天光」、「煦光」、「晴光」、「陽光」、「春陽」、「燈火」等光明意象，第五十九首癸酉籤〈喜樂〉或許可作為全書的精神代表：

> 冰雪覆蓋不了小草探頭，尋找
> 春天，葉子飄落時就已宣告
> 花訊將如約而來，種籽一落地
> 喜樂滋生，希望也在不停招手

縱使冰雪落下，也無法抹滅小草堅韌的生命力，春天終究會來，落葉預示著新生，每一粒種籽都是希望。

回看鹿谷茶鄉成長的童年，林柏維一面追隨兄長向陽、林彧的文學足跡前進，一面把鄉土情懷內化為自身的養分，北上求學後的學術研究訓練，讓他面對人事物，總能保持省思與觀察，好山好水孕育出的文學底蘊，結合了對斯土斯民的關心，文學與史學因而在他筆下合而為一，開展出論述、傳記、散文、現代詩的書寫光譜。

本文原刊載於2020年6月《吹鼓吹詩論壇》第41期

筆尖的旋律
——孟樊的文學樂章

前奏（Intro）：是知性學者也是浪漫詩人

國立臺北教育大學語文與創作學系教授陳俊榮除了學者此一知性身分，還有一個廣為人知的浪漫身分——詩人孟樊。楊宗翰認為孟樊是臺灣「學院詩人」最重要的代表，瘂弦形容孟樊是「右手寫詩、左手寫文學批評」，其實孟樊亦是詩壇跨領域的代表，曾獲中國政治學會傑出碩士論文獎、擁有國立臺灣大學法學博士學位，卻任教於文學系所，參與活動同樣不離文學。

社會學打下的基礎讓孟樊在文學評論繳出一張又一張亮眼的成績單，不只是撰寫有豐富的學術研究，孟樊還出版了《S.L.和寶藍色筆記》、《旅遊寫真：孟樊旅遊詩集》、《戲擬詩》、《從詩題開始：孟樊小詩集》、《我的音樂盒》、《孟樊截句》六本詩集，每一本都充滿個人風格。

孟樊回憶說，他原先規劃要留在學術界發展，但政治大學政治研究所畢業後，因緣際會進入媒體工作，其後轉到出版社服務，歷任《中國時報．人間副刊》編輯、《臺北評論》雜誌社主編、時報文化出版公司主編、桂冠圖書公司副總編輯等職，多年後才在妻子的鼓勵下重返校園，進入臺灣大學三民主義研究所博士班就讀，並在大學兼課，繞了一圈還是回到學術界。

孟樊表示，雖然當初唸的是法政，看似與文學無關，但他認為自己並沒有白走這一遭，學術訓練對於他最喜歡的文學創作仍舊有相當大的幫助，對於他後來執筆專欄同樣產生正面的影響。進入學院任教後，常常下筆就是動輒上萬字的論文，寫論文本身是一件辛苦的事，從事前的資料蒐集、閱讀等準備工作，再到進行論述，沒有標準答案，全靠研究者的思辨與詮釋來一決勝負，可說是長期抗戰，儘管他寫最多的是評論，但內心最鍾情的還是詩，完成一首自認還不錯的詩時，總會有莫名的喜悅。

面對社會的變遷與亂象，詩人往往比一般人更加敏銳，如果說文本是作家回應社會現實的方式，那麼，寫作手法就是創作者想像與觀看現實的重要途徑，出版有學術著作、文化評論集、散文集、詩集等三十餘冊著作的孟樊，一方面透過理性的評論為臺灣文學寫史，另一方面藉由感性的詩，與社會現象對話。

主歌（Verse）：是出版先鋒也是評論大師

現代主義是一個概括性的名稱，19世紀末、20世紀前半葉在西方所出現具有反傳統特徵的文學現象或流派，都可被稱作現代主義。西方現代主義出自工業文明、資本主義、都市化等等帶來的危機與衝擊，臺灣的現代主義則導因於知識份子內在的苦悶與焦慮，但戒嚴體制的背景卻是更大的成因，某種程度來說，現代主義提供知識份子以扭曲、變造語言的路徑，來對現實官方體制進行隱藏性的反抗，因此，儘管當時的臺灣環境並不利於現代主義發展，現代主義依然能引領臺灣文學走向另一條新道路；再從另一個角度來看，臺灣1980年代興起的後工業化情境，科技文明造成的異化現象，反倒是更接近西方現代主義發軔的社會背景，孟樊的求學階段就面對這樣的思潮背景，一方面受到現代主義的影響，另一方面迎向後現代主義。

孟樊認為，當代臺灣思潮的演進大致能分作三個階段，第一個階段是日本統治時期1895年至1945年，此階段亦可延伸到1949年國民政府遷臺，除了左翼思想為主流，知識分子也受到日本文學與世界文壇的影響。第二個階段則是戰後到1970年代，盛行存在主義、現代主義等西方思潮。第三階段約略從1970年代末、1980年代初開始，馬克思主義、法蘭克福學派、結構主義、現象學等紛紛引進臺灣，大學時期他參加蔡詩萍、李祖琛等人共組的讀書會，各種主義與學說都是他們討論的題材。

面對西方文藝思潮相繼出現，任職於出版界的孟樊發揮出版文化人的敏感，先是在時報文化策畫了「近代思想圖書館」叢書，翻譯思想大師的重要著作，而後又在揚智文化主編《文化手邊冊》系列叢書，透過深入淺出的方式，有系統地介紹解構主義、新歷史主義、女性主義、後馬克斯主義等各家理論，這些書籍都成為讀者認識相關學說的重要入門書。

長期在各大報刊撰寫專欄的孟樊，不只是以《臺灣文學輕批評》傳達他的社會觀察與文化批判，他更將多年的出版經驗寫成《臺灣出版文化讀本》一書，分成出版環境與經營方針、出版公司體質、出版策略、作者作品與版稅、出版周邊五大面向，完整介紹臺灣出版產業概況，書中同時蘊含了他對出版現況的憂心及反思。

《當代臺灣新詩理論》、《臺灣後現代詩的理論與實際》、

《文學史如何可能——臺灣新文學史論》、《臺灣中生代詩人論》等學術論著，以及進行中的《臺灣新詩史》書寫計畫（與楊宗翰合著），再再展現了詩人為臺灣文學建構理論系譜的企圖心。歷時八年完成的《當代臺灣新詩理論》，是臺灣首創以西方文藝思潮為基礎，系統性析論臺灣新詩創作與理論的專書，《臺灣後現代詩的理論與實際》是第一本聚焦於後現代詩的專論，以中生代詩人為觀察對象的《臺灣中生代詩人論》，透過學術的高度，為詩人建立文學史定位。

散文集《喝杯下午茶》、《飲一杯招魂酒》、《知識分子的黃昏》延續了孟樊知性的特質，抒情中帶有反思，孟樊自言，這些散文是深夜燈下沉思之作，寫作原本就是在孤獨中面對自己。相形之下，《寫意紅茶：在杯中、書中、影中品味紅茶》則顯得浪漫許多，孟樊原本嗜飲咖啡，沒想到某一天開始，竟因咖啡失眠，為了健康只好割愛咖啡，從此改喝咖啡因只有一半的紅茶，沒想到這杯紅茶越喝越浪漫，不只是連帶收藏起世界各地的茶罐、茶葉、茶器等紅茶周邊商品，出國旅行也常與紅茶有一段不期而遇的驚喜，鑽研起紅茶的孟樊更成為紅茶通，將十多年來的品茗心得寫成《寫意紅茶：在杯中、書中、影中品味紅茶》，以詩人的品味詳細介紹紅茶文化與品茶藝術。

導歌（Pre Chorus）：從情詩到反思

回顧自己與詩的第一次親密接觸，孟樊說，國中時因為暗戀鄰居國小老師的女兒，寫了許多情書給她，當時讀到王尚義的詩集《野百合花》，為賦新辭強說愁地寫下人生第一首詩當情書，成為他寫詩的起點。就讀臺南一中後，開始接觸到大量前輩詩人的作品，從閱讀中學習，其後在政治大學參與文藝社，也讓他的生活與現代詩有了更多連結。1982年加入路寒袖擔任社長的「漢廣詩社」，從此固定在《漢廣詩刊》發表詩作，當年同仁審稿會議的討論辯證，更是他日後投身評論的重要養分。

孟樊認為，詩的豐富想像及理性思考跟學術論述截然不同，寫詩是一件非常美好的事情，靈感固然可遇不可求，但當心有所感又能用詩來表達，可說是一種絕對的浪漫。妻子呂淑玲是他每一首詩的第一個讀者，《S.L.和寶藍色筆記》書名的「S.L.」就是他摯愛的太太，不只是第一本詩集《S.L.和寶藍色筆記》收錄有諸多寫給愛妻的詩，後續的詩集亦有不少詩作紀錄下他與太太的共同回憶。

翻開詩集《S.L.和寶藍色筆記》，〈水色小簡——給S.L.〉、〈S.L.和寶藍色筆記〉從詩題就可見到「S.L.」的身影，其中，〈水色小簡——給S.L.〉一詩寫道：

我遺留的小簡輕輕
問候一聲
關懷兩句
背著神祕的月光
偷偷地　偷偷地
溜進妳精心設防的
藍色的夢中

妳擺了一幅畫
在夢裡

以赤裸示我妳的童貞
飛舞於甜蜜的星光時刻
鋪滿星晶的水色軀體
旋轉成一座安徒生的
童話王國

我一頁一頁地翻看
將潤溼的唇
貼在水樣的小簡
那句關鍵的話上

這畫很好看
真的很好，我說

妳笑了

遺留的小簡是詩人寫給妻子的情書，試圖以文字的姿態，隨著妻子入夢。這個夢是詩人對愛情的想望，妻子美得像一幅畫，期盼兩人故事宛如安徒生童話，有著幸福快樂的結局，最後詩作結束在「妳笑了」，顯見妻子的微笑就是詩人眼中最美的風景。

在《S.L.和寶藍色筆記》這冊詩集裡，不只有情詩，詩人更揉合外在的喧鬧與內在的孤寂，以詩與社會對話。〈狹巷——臺北感覺之一〉、〈都市印象——臺北感覺之二〉、〈疲倦——臺北感覺之三〉三首詩作皆以「臺北感覺」為副標，〈狹巷〉第一節從五光十色的霓虹燈海寫起，繼寫城市鬧區的擁擠與疏淡，緊接著，場景切入長巷裡的老房子，氛圍於此由喧鬧轉入寂靜。第二節延續首節老舊房屋的場景，描寫獨坐屋內讀書的他，然而，不同於第一節以外在環境書寫為主，此節由景轉入情，描述懷著興奮心情讀史的他，在一片紅葉滑落後，內心激起別愁的漣漪。到了第三節，場景移至屋外，隨著他的走出，氛圍由靜復歸至鬧，哀傷之情自體內向外擴散，蔓延進城市與人群，最終，全市的廢物都回流入他的肺，走出慾望的他則以狂笑來回應。

有別於〈狹巷〉的第三人稱視角，〈都市印象〉以「我」的眼睛來看西門，透過一幕幕的西門印象，呈現出臺北西門町的多種面貌。全詩計四節，首節點出西門的喧嘩與其中顯現的疲憊感，第二節先寫西門的亂象，再寫情色的氾濫，第三節從狹縫中看西門，城市的冰冷直入心扉，人際的疏離沁人心脾，第四節由機器帶來的衝擊出發，繼談「我」的感受，最末，在慾望入口裹足不前的「我」，回頭奔向最原始的方向。宏觀的建築物、車水馬龍、人聲鼎沸的街頭揭示了城市的熱鬧，色情更是暗藏其中，高樓大廈就彷彿陽具的隱喻，該詩不光是對文明提出批判，詩末更表明了無法認同的感嘆。

延續〈都市印象〉的第一人稱視角，〈疲倦〉同樣以「我」來述說，並利用反核事件來貫串全詩，在第一節中，「我」看到大學生紮著反核布條坐在階梯，第二節裡，「我」望見街頭上的反核人群爛如泥濘，第三節則是「我」看著電視新聞的反核報導。此外，反核事件原應是激烈性的活動，全詩的基調卻始終如標題所示－「疲倦」，第一節裡，站起身的女生打了個哈欠，走進便利商店的「我」則是揉揉眼睛，第二節的「我」除了延續第一節的揉揉眼睛，更是對現況感到無言以對、力不從心，以至於呵欠連連，到了

第三節，呵欠連連的「我」揉揉眼睛，寫下了不痛不癢的這首詩，值得一提的是，此處運用了後設語言，作者刻意安排詩中「我」最末寫下一首詩，而這首詩就是〈疲倦〉。這首詩也帶有存在主義的味道，一連串的人物與事件，無非是詩人在城市裡找尋存在與自我的意義，最終則選擇寫詩來回應現實。

綜觀三首作品可以發現，詩人通過對城市印象的書寫，揭露外在環境所帶來的內在衝擊，〈狹巷〉傳達了對文明的批判，〈都市印象〉呈現疏離感和失去認同感的情境，〈疲倦〉則道出步行於都市中的疲憊。整體來說，詩人眼中的城市始終是喧鬧的，詩人對都市的感覺卻是不斷變異的，初是哀傷、疏離，繼而血脈賁張，最終只餘力不從心的疲態。

副歌（Chorus）：理念先行的詩創作

早在1992年，孟樊就集結年少時期詩作，出版第一本詩集《S.L.和寶藍色筆記》，但睽違十五年，孟樊才推出第二本詩集《旅遊寫真：孟樊旅遊詩集》。孟樊表示，二十幾歲、三十幾歲時，雖然是創作力最旺盛的階段，但當時他的主力並沒有放在詩創作上，而是以文化評論為主，寫了十多年的專欄，累積下不少評論文字。他認為早年寫詩靠的是激情，風格自然偏向浪漫抒情，中年寫詩則是受到理性思維主導，社會關懷、人生反思的比重因而增加。適逢他從出版社轉換跑道，進入學校教書，時間運用比以往更為彈性，隨著心境不同，詩創作也就跟著變多起來。

喜歡旅遊的孟樊已走訪過二、三十個國家，他也喜歡帶著詩集去旅行，配合心情隨興翻閱，他同時將旅遊心得轉化為詩，寫成

《旅遊寫真：孟樊旅遊詩集》，每首詩都搭配有照片及後記「旅遊寫真」，為詩人的旅遊足跡留下紀錄。談到旅遊詩的書寫，孟樊強調，旅遊詩最好要運用到當地的景點，或是人事物，否則一首詩可以拿來當A地區的旅遊詩，也可以說是B國家的旅遊詩。

對孟樊而言，旅遊並不是搭上飛機、或者抵達目的地才開始的，從規劃遊程的那一刻起，旅遊的想像就展開了，身體受到實際空間的侷限，但心靈沒有國界的限制，可以隨著想像力到世界各個角落，因此《旅遊寫真：孟樊旅遊詩集》的序詩是〈從臺北出發〉：

塞納河左岸坐在觀音山對面
西班牙臺階躺在故宮腳下
中山北路三段是大英博物館
中正紀念堂有天安門廣場

我的鄉愁是
臺北一塊塊意象的
拼圖
一一從我詩的旅行地圖上
出發

「地景」在空間軸上，是各式經濟背景與社會變遷中的面貌，在時間軸上，是不同年代、不同心境所見的印象，海外旅遊景點與臺灣觀光景點交錯著，代表著規劃旅遊的思緒與現實的生活交疊著，然而，旅遊雖然令人期待，終究還是一出發，鄉愁就開始蔓延。

孟樊指出，《旅遊寫真：孟樊旅遊詩集》是以「旅遊」為主題，有意識、有規劃的系列詩創作，年輕時的詩作多半為情詩，隨著年紀與心境的轉變，他在不同階段嘗試不同的寫法，其後兩本詩集《戲擬詩》、《從詩題開始：孟樊小詩集》，同樣屬於「理念先行」的作品。

「戲擬」是透過遊戲或者嘲諷的方式，模仿原作進而提出肯定與批判，《戲擬詩》是以經典詩作為藍本的二次創作，《從詩題開始：孟樊小詩集》一方面是十二行以內的「小詩」，另一方面，孟樊設定了「從詩題開始」的寫法，兩本詩集看似畫下框架，但詩人卻遊刃有餘，有時也刻意在詩中嵌入詩人的名字或名句，表現獨特的幽默。

就連孟樊自己也是被戲擬的對象，《戲擬詩》中的〈在我的書齋打新注音輸入法〉，將首部詩集《S.L.和寶藍色筆記》所收錄的〈我的書齋〉一詩，運用新注音輸入法重新打字，但打字過程刻意不選字，因此「一葉扁舟」成了「一頁扁周」，「痙弦」變作「雅嫻」，「錯落有致」變成「錯落有痣」……沒有更正的錯字展現了火星文的趣味，同時反應了數位時代快速卻失準的問題。

副歌（Chorus）：凍結時光的紀念曲

太太呂淑玲是知名的音樂家，孟樊因此與音樂有著不解之緣，第五本詩集《我的音樂盒》，書名即可見到「音樂」二個字，翻開詩集，七個小輯的名稱涵括練習曲、樂章、小夜曲、獨唱、組曲、詼諧曲、協奏曲，每一個輯名都緊扣著音樂。「十二月練習曲」寫下1到12月的想像世界，為時間留下紀念；「浪漫樂章」不只是情詩，更揉合了詩人的文學品味，共同見證愛情；「夢的小夜曲」無論有夢或者無夢，都成為詩人的題材，為生活留下紀念；「第一人稱獨唱」是作者詩生活的回憶；「生活組曲」裡俯拾即是的，是城市遊走的紀念；「創作詼諧曲」以文字作為舞臺，與詩人、詩社、詩刊互動；向前行者致敬的「主義協奏曲」，則記錄著個人的閱讀經驗與偏好。

值得一提的是，《我的音樂盒》收錄有部分作品是孟樊大學時期的詩作，為年少的激情、詩人的青春保存下珍貴的紀念。〈重讀少作〉一詩夾雜著年輕的詩句與再次展讀的心情，曾經的憂愁如今都是思念，詩作末段寫道：

是的，妳們是唯一的美
就這般將時光凍結
在我年少手寫的情詩裡
手心依然留下數不盡的
…………

年輕時寫下的文字或許不成熟，或許強說愁，但在作者心中，青春的一切總是如此讓人懷念，總是值得收藏，因此少作是「唯一的美」，一方面讓時光停駐在最美好的那一刻，凍結為情詩，另一方面，最末一行的刪節號，不只是呼應著前述的年少詩句「遺下一尾長長的刪節號」，更暗示著心中訴不盡的千頭萬緒，正因為有情，故事仍在繼續。

詩句「將時光凍結」同樣出現在〈風景照〉一詩：

湍急的瀑布
一瀉千里
突然將時光凍結
更把我少時的驚嘆
給牢牢掐住

掐住的原來是
相片裡那一綹
喚不回的青春

相片瞬間凝結的特性和與瀑布川流不息的現象形成強烈對比，奔流的瀑布終究被相機捕捉，成為靜止的畫面，被凝結的不只是風景，還有時間，照片裡的我永遠停在當時的年紀，但現實的我卻離青春越來越遠，還好有風景照留念，還好有詩作筆記回憶。當詩人透過詩作留住美好的瞬間，就如同攝影師以照片來紀錄永恆的美麗，照片是時間的停格，保存當下的回憶，詩也是如此，將曾經的美好化為文字紀錄，留下永恆的紀念。

「時間」在孟樊《我的音樂盒》中穿梭著，並且常常在詩作裡扮演關鍵角色，是閱讀這冊詩集的重要線索。隨著文字的流動與意象的凝結，「時間」以各式樣態展現，娓娓道出詩人的思緒，〈日以繼夜〉一詩最末指出：「只有日以繼夜的時光永遠不老」，其實不老的並非時光，而是心境，詩人企圖以文字來對抗流逝的時間，讓時光停駐，然而，時光終究是流動的，誠如孟樊在〈我來到金城鎮〉所提及：「把光陰留住又將之推前」，隨著記憶的翻動，時光可以前進也能夠後退。

〈溫暖的黑暗〉從「五十歲」、「四十歲」、「三十歲」、「二十歲」、「十歲」，逐漸倒退回「初生之犢」的時刻，以黑夜中的燭光呼應在母親腹中，黑暗卻溫暖的時光。〈夢中之夢〉起始於「週二下午三點一刻」，而後時間回溯到「一九九一年四月十日午夜」，夢境自由穿梭於三十年間，最後隨著詩中我的驚醒，時間回到當下，我再次想起「週二下午三點一刻」的稿約。〈PS.我愛你〉的詩中我則在「今晚」寫情詩，想著「明晨」你的反應，且這首詩「從秋冬寫到春夏」，時光的流動就代表著愛情的延續。

《我的音樂盒》這冊詩集就像一個音樂盒，珍藏著詩人每一刻感動的瞬間，不論是詩人揀選的大學詩作，還是其他生活片段的縮影，當記憶隨著詩人內在響起的旋律，成為美麗的詩篇的同時，就如同音樂盒飄揚出的樂曲，在讀者心中引發共鳴。

尾奏（Outro）：生命就是一首詩

展讀孟樊的創作，就如同一場音樂會，詩、評論、散文等不同的樂曲，以各自的姿態奏鳴著，隨著音符的流動與音色的演繹，交織出一曲又一曲動人的旋律。詩作〈我的筆名〉紀錄了「孟樊」筆名的由來，這個筆名的前身是「夢凡」，導因於高中時期結交的筆友，那位「北臺灣的高二女生」認為他「愛作／夢又平平／凡凡」，於是為他取名「夢凡」，然而，他覺得這樣的名字太過女性化，遂翻閱字典、仔細推敲，改為同音的「孟樊」。

回探孟樊的創作歷程，可以發現，他在夢想的航道上不斷跨越學科的界線，用文字展現敏銳的觀察力，以及鮮明的個人特質，其實一點也不平凡。《易經》裡有這麼一段話：

> 子曰：「書不盡言，言不盡意。然則聖人之意，其不可見乎。」子曰：「聖人立象以盡意，設卦以盡情僞，繫辭以盡其言，變而通之以盡利，鼓之舞之以盡神。」

或許無法完全用文字來表達意涵，但透過「象」的建立，「意」得以超越文字的框架，變得更具體，先哲為《易經》設立意象，正如詩人從生活補捉意象，以詩寄託他的社會觀察與人文關懷。孟樊身兼學者、詩人、文化評論者、編輯、散文家等多重身分，各個領域看似不同，其實互有交疊，論述文學的同時，詩人也藉由作品來反思社會現象，散文裡有批判也有抒情，旅遊中有詩、有紅茶，更有妻小相伴，與其以多角化經營來闡釋，毋寧說詩人用行動將不同的面向包容在一起，共同譜成生命這一首詩。

本文原刊載於2019年6月《吹鼓吹詩論壇》第37期

用文字為世界填補裂縫
——洪淑苓的詩版圖

臺灣大學中文系教授洪淑苓的童年充滿了美的事物，她望著整修家廟的工人把琉璃瓦雕成飛龍，看著外婆紅眠床上的彩繪裝飾，在心中想像每一幅畫的故事。傳統文化的涵養促使她碩士、博士階段專攻民俗信仰研究，透過學術與過往的生命印記對話，儘管學術之路走向民俗，但她最鍾情的始終是現代詩，她的作家夢從高中聯考放榜後的那枝粉紅色鋼筆開始，小小的筆記寫著徐志摩般的詩句，一點一滴的文字構築出當作家的夢想。

這份對詩的熱情，讓她在教授、妻子、母親、研究者、作家等多重身分的忙碌生活裡，依舊能保持一顆柔軟有情的心，耕耘著自己最喜歡的現代詩，而後開花結果，不只是詩創作與詩評論，她也投身現代詩課程、學院詩人詩集編選，以及各式詩活動，用愛尋覓世間的溫柔，用文字填補悲歡離合的裂縫，一步步拓展她的詩版圖。

求學時期的深情記事

洪淑苓從小就喜歡閱讀，長期閱讀讓她累積下豐沛的字詞庫，成為寫作重要的養分，最初她把課本當讀物，爾後鄰居家的《國語日報》讓她打開通往文學的窗口，為了看《國語日報》，她小學六年幾乎天天都往鄰居家裡去。小學二年級時，因為月考考試成績優異，她從老師手中獲贈《小學生字典》，這本字典伴隨她走過許多遊戲時光，有時候，她從認識的人名出發，查詢大家名字裡的字，是什麼意思，有時候，她聚焦於部首，爬梳相同部首搭配不同筆畫，展開了哪些不同的文字，各自承載了哪些涵義。

洪淑苓回憶說，16歲那一年，金榜題名北一女，表姊送給她一支粉紅色派克鋼筆，上面還刻著她的名字，讓她愛不釋手，這支鋼筆成為她寫日記的最佳夥伴，就是從這個夏天開始，作家夢在她心中萌芽。當時不只是愛上文字的美、愛上寫作，沒有閒錢買書的她，站在書店讀著一本又一本的作品，從世界名著到現代詩，喜歡閱讀的因緣牽引著她進入詩的天地，她也以鋼筆在日記裡寫下徐志摩風格的詩。當年她還寫過一篇長達一、兩千字的余光中《蓮的聯想》讀詩心得，投稿給北一女校刊，雖然這篇詩評最後無緣刊登，但她喜歡和大家分享詩之美的信念始終如一。

高中階段也是洪淑苓把散文隨筆投稿給報刊的起點，陸陸續續發表了一些篇章，當年好友范咪告訴她：「妳將來一定會當作家！」帶給17歲的她很大的鼓舞。高三畢業前夕，洪淑苓親手編寫了綠園札記送給范咪，擅長音樂的范咪也錄製了自己的鋼琴演奏錄音帶回贈，這卷錄音帶一直保存在洪淑苓的抽屜裡，儘管事隔多年，依舊會在思念之際反覆播放，旅居美國的范咪同樣把綠園札記帶在身邊。

就是這樣的念舊與重情，讓洪淑苓2010年參加北一女「三十重聚」後，寫下一篇又一篇回望青春歲月的散文，2011年集結出版為《誰寵我，像十七歲的女生》。這本散文集收錄有〈誰寵我，像十七歲的女生〉、〈重返．樂園〉、〈從此，日子踏實〉三首詩作，揭開序幕的〈誰寵我，像十七歲的女生〉，交疊共同走過的高中生活，輕聲約定「一起收藏十七歲的夢」；穿插其間的〈重返．樂園〉，揉合校園建築與回憶，以及三十年後的同學會，記錄一段又一段的美好時光；畫上休止符的〈從此，日子踏實〉，是她給所有同學的祝福，不只是「用微笑回看我們走過的每一條小路」，更藉由詩的力量，「願從此日子變得踏實」。

17、18歲的洪淑苓，以臺灣大學中文系為志向，考前三十天，她在同學送她的書籤背面畫上三十天的格子，每個空格再用虛線分成三等份，代表大考倒數三十天的上午、下午與晚間，她按部就班，一格一格完成複習進度，果然皇天不負苦心人，大學聯考如願錄取第一志願。進入臺灣大學中文系就讀後，她認識志同道合的一群朋友，組成創作的「大觀園」，每名成員都依照個人特質分配了《紅樓夢》「大觀園」的角色，優雅從容的洪淑苓，是大家眼中的薛寶釵。

洪淑苓談到，當時葉慶炳老師很鼓勵大家寫作，「大觀園」的夥伴不僅一同創作、討論文學，更一起投入社團活動，參加文代會、製作刊物、舉辦演講、投稿各式徵文比賽，共同經歷了許許多多的事。印象很深的是，有一回，四個人在學校地下室趕工海報，等到11、12點終於畫好時，才發現文學院大樓的門早已鎖上，最後只好摸摸鼻子、爬窗出去。大學時期因為有這群喜歡創作又充滿才華的朋友，留下一頁又一頁值得珍藏的回憶，後來她整理大學日記，寫成散文集《傅鐘下的歌唱》，為青春的旋律留下樂譜。

不只是臺大的朋友讓洪淑苓難忘，臺大的美景同樣被寫入她的日記，每年春季盛花的杜鵑花，讓一向愛花的洪淑苓眷戀起春天，大四時，她以為這將是自己在臺大的最後一年，她一個人漫步校園，細細品味山櫻、杜鵑、茶花、流蘇的身姿，編織為〈最後的花季——大四的看花日記〉。後來她在臺大繼續攻讀研究所，在曾永義老師的指導下，研究牛郎織女與關公，探索另一個詩情畫意的世界，其後留在臺大任教，擔任臺大藝文中心主任時，更是每年舉辦臺大杜鵑花詩歌節，結合詩歌與花卉的溫柔，號召大家一同感受春之浪漫。

以詩預約幸福

洪淑苓就讀臺大時，曾跟隨張健老師學習現代詩創作，其後在張健老師的引薦下，陸續在《藍星詩刊》發表詩作，熱愛現代詩的她一直夢想著要在30歲時，出版自己的詩集。然而，學術研究、教學與家庭的忙碌，讓她直到完成博士學位與升等，才得空動手整理過去累積的作品，1994年自印詩集《合婚》，總計印了兩百本贈送給親友們。事隔七年後，洪淑苓終於在2001年正式出版第一本詩集《預約的幸福》，當年《合婚》的詩作也全數收錄進這本輯子裡。

洪淑苓指出，自費出版的處女作《合婚》，是她寫詩的階段性紀念，她認為「詩是酒／詩是跳舞的曲線」，「詩是睜著眼睛的夢遊」，或許很多人會覺得詩沒有實質作用，但詩是從心靈出發的產物，詩是靈魂深處的真情，在每個徬徨的時刻，詩總能提供一股溫柔的能量，給予我們突圍的勇氣。因此每一回上課，她總喜歡在進入正課之前，先與學生分享一、兩首詩歌作品，有時是古典詩詞，有時是現代詩，透過詩歌動人的情感與深刻的涵義，引導學生看見世界的寬廣，用更多元的視角來省思生活。

洪淑苓提及，她原以為自己在詩集《合婚》之後，可能從此停筆，但開設現代詩課程的過程，一方面讓她在準備教材時，大量閱讀不同風格、不同作者的詩作，獲得許多啟發，另一方面，為鼓勵學生創作，她在課堂上帶領學生「吃橘子寫新詩」、「吃糖果寫情詩」，從中激盪創意，並把學生們課堂上寫的詩，集結為全班的作品集，這些機緣讓她自己也忍不住提筆寫詩，因而有了詩集《預約的幸福》的誕生。

從《合婚》到《預約的幸福》，兩本詩集的書名都取自洪淑苓寫給夫婿王基倫的詩，定稿於結婚週年的〈合婚〉，透過新嫁娘的思緒，道出「未來　從彼此的眼眸出發」的憧憬，以及「荊釵布裙也願相隨終生」的誓言，〈預約的幸福〉則多了幾分現實的體悟，在預約老公成為「下輩子的情人」的同時，不忘提醒他：「你可以帶鮮花和巧克力／但請不要帶魚來／因為我並不想做晚餐」。除了寫給人生伴侶的詩作，《預約的幸福》裡還有洪淑苓寫給母親與孩子的作品，由此可見詩人用情之深，〈在鹿港寫給女兒〉疊合了自己與女兒的童年，母女在鹿港街道散步，最後揹起走累的女兒，媽媽對女兒的愛不言而喻。

〈阿母个裁縫機〉特別選擇母親熟悉的臺語來書寫，從母親踩著縫紉機的身影出發，記錄她為家庭付出的辛勞，「自小學到大學／阮學寫ㄅㄆㄇ擱ABC／阿母攏是佇人客廳／甲伊彼臺裁縫車仔作伴」，從小洪淑苓就看著母親用針線、用縫紉機，繡花鞋、車娃娃衣、縫布偶，拼命為家裡多掙一點錢，隨著子女長大，母親家計的重擔得以放下，然而，已出嫁的女兒如果想見母親，「坐飛機嘛要幾半天」，於是在詩末許下心願，盼母親的裁縫機能為她車出一條拉鍊，讓她在思念的時刻，只要輕輕拉開拉鍊，就能看見母親。

詩人不只是書寫身邊的人事物，她更將關懷的視角拓展至整個社會，以詩為地震、社會事件等人間苦難發聲，〈地震日記二則〉從日常生活的早餐、午餐、晚餐來寫九二一大地震，詩末，當孩子抱著布偶問還會有地震嗎，她將孩子摟進懷中，「只是輕聲答應他們／明天還可以繼續看卡通」，展現母親守護孩子的溫柔與堅強。〈腥燥的雪繼續下著〉寫給1990年代三位強暴案受害者——張富貞、彭婉如與白曉燕，三名女性最後都慘遭殺害，彭婉如命案更是遲遲無法破案，詩人借用顏色來代稱人物與事件，「黃襯衫／走進綠色的房間」、「粉紅套裝／走進黃色的汽車」、「十七歲的白／被紅色廂型車載走」，最後卻成為「黑色的塑膠袋」、「醬紫色的腳趾」，「只剩下父親給的名字／刻在堅硬的／且字型石碑上」，整首詩透過色彩繽紛到色澤黯淡的轉變，揭示生命的殞落。

洪淑苓自認是一位「留情」的人，或許是受到恩師曾永義教授「人間愉快」人生觀的影響，她面對生活的忙碌與悲歡喜樂，總能以包容的姿態去面對層層裂縫，用心去感受世間的有情，進而轉化為溫暖的文字，撫平世界的傷痕。2016年出版的《尋覓，在世界的裂縫》，與第一本詩集相距十五年，延續前一本詩集溫柔多情的特色，同樣不乏寫給家人的詩作，〈尋覓，在世界的裂縫〉寫給逝世的父親，字裡行間滿是思念，「我總以為您會在下一站上車／我又害怕您已經在前一站下車」，訴說著再一次見到父親的渴望。

〈一邊，一邊〉寫於洪淑苓2014年赴美國德州大學奧斯汀分校參加學術會議期間，人在國外，不需要煩惱家庭瑣事，讓洪淑苓多了與自我對話的空間，她腦海中突然浮現孩子小時候的生活，自己趕在上班前，把小孩託付給保母，接孩子回家時，小孩總是開心地分享當天發生的事，職業婦女為母則強，回到家後一邊安頓孩子、一邊張羅晚餐，當九點鐘一到，把孩子哄上床睡覺的同時，「一邊說故事／一邊想著論文章節／一邊燉著明晚要吃的湯／一邊謄錄課文的注解，外加新的笑話／一邊洗著今天換下的一大籃衣服／一邊在每一篇作頁上批註也等於／　　　　　　　　一個短篇的評語」，不論是女教授或者媽媽的身分，總是一邊做著這個，也一邊做著那個，看似充滿變化的多邊形，其實都是由愛開展出來的各種面貌。

詩寫童年的美好

2016年對洪淑苓來說是豐收的一年，除了第二本詩集《尋覓，在世界的裂縫》問世，這一年她更接連出版了童詩集《魚缸裡的貓》、論文集《孤獨與美》與散文集《騎在雲的背脊上》。很多人好奇現代詩學者為何會突然動筆寫童詩，其實早在大學時期，喜歡安徒生的洪淑苓就開始寫童詩，在臺大的學生報《大學新聞》發表，1984年更以〈起床〉一詩勇奪臺大現代詩童詩獎第1名，但遲至2016年，她才出版第一本童詩集《魚缸裡的貓》，收錄她從1980年代至2000年的五十首童詩創作。

翻閱詩集可以發現，不論是家庭、校園，或者日常用品、玩具，都一一成為洪淑苓的書寫題材，她用童心重新看待生活的人事物，用詩的想像打破現實的框架，〈椰子樹〉一來把被風吹動的椰子樹樹葉，形容為擦黑板的手，二來將風跟椰子樹比擬為共同擦黑板的同學；〈湖邊的樹〉把太陽比喻為樹的吹風機，而風是梳子，湖是一面大鏡子；〈紅綠燈〉則把紅綠燈描摹為分別提著紅、黃、綠色燈籠的三兄弟。

〈戴眼鏡的人〉運用眼鏡與窗戶的共通性「玻璃」，將眼鏡聯想為房屋的窗戶，看似簡單卻有多層意義：

一棟會走路的樓房
只開了兩扇窗子
有的玻璃是透明的
好像拉開了窗簾
有的是彩色的
像放下窗簾一樣

此詩把透明的鏡片想像為窗簾尚未拉上的窗戶，把變色鏡片比喻為各種樣式的窗簾，值得注意的是，窗簾不只是能解讀為鏡片，眼珠同樣有黑色、褐色、灰色、藍色、綠色等顏色差異，搭配上眼皮的開闔，也像是窗簾的開與闔，因此窗簾亦可視為眼珠。另一方面，眼睛被稱為「靈魂之窗」，是接收外界訊息的橋樑，同時是內在精神的反射，詩人以房屋之窗來刻畫眼鏡，呼應著「靈魂之窗」的說法。

與詩集同名的詩作〈魚缸裡的貓〉，一反魚在魚缸內、貓在魚缸外的常態，讓花貓「在金魚死掉以後／跳進空的魚缸」，全詩透過我的口吻來訴說，最末寫道：

牠一定在說
「小金魚，你到哪兒去了
趕快回家來呀
我只是開個玩笑
輕輕咬你一口而已」

由此可知事情的來龍去脈，原來是貓咪想和金魚玩，輕輕地咬了一口，熟料金魚因此命喪黃泉，花貓跳進魚缸的舉動，一方面代表牠拼命在找尋金魚，另一方面，從貓咪「住了好幾天都不出來」的反應，也能感受到貓咪在魚兒消失之後的悲傷。篇幅雖短，情意卻是無限，貓與魚的關係其實就像青少年會遇到的愛情、親情、友情等情感問題。

洪淑苓以「每一個人的童年，都是一首詩」來闡述她的童詩創作，她認為童詩是個人生命的共鳴，亦是眾人童年的共同記憶，她嘗試回到孩子的視角，去探索世界的美好。洪淑苓指出，《魚缸裡的貓》全書分作四卷，卷一、卷二的童詩創作，是她試著讓自己回歸到小時候，書寫那些曾經的感動，鄉間長大的童年無憂無慮，上學途中不乏稻田與各式花草植物，她總是一路想像著大樹與風正在說什麼祕密，麻雀正在哼唱著什麼歌曲，雖然長大之後童語不再，但童心依舊，想像力永遠沒有極限。

洪淑苓進一步說，卷三、卷四是她繼妻子之後，新增母親身分，在陪伴孩子的過程，激發出的靈感與心得，其中有她想對孩子說的故事，亦有小朋友成長的點滴，舉凡扮家家、芭比娃娃、Kitty 貓、皮卡丘、怪獸對打機、紋身貼紙等不同時期的遊戲，都被她寫進童詩裡。這些作品大部分發表在《民生報》兒童天地版，桂文亞主編可說是她童詩創作路上的貴人，屢次向她邀稿，讓她有信心繼續在童詩領域耕耘下去。

出版童詩集《魚缸裡的貓》，也讓洪淑苓受邀赴臺中市立圖書館的梧棲親子館，舉辦「相信美好－洪淑苓童詩及圖文創作海報聯展」，現場除了童詩、攝影、插畫、海報等作品展出，洪淑苓也與讀者分享創作歷程，她表示，童詩有豐富的想像力，而想像力又是創作之鑰，因此她期待童詩不單是小朋友來閱讀，保有童心的大人也能一起來感受詩的美好，學習詩的溫柔。

洞悉詩的美麗與孤獨

浪漫的洪淑苓相信窗是靈魂起飛的航道，她喜歡一個人在窗下閱讀，細細咀嚼詩集的字句珠璣，研究室的窗口伴隨她一次又一次造訪詩的國度。1985年6月刊登於《文訊》的〈詩的鈕扣，情的瘡痂——讀陳義芝《青衫》詩集〉，是洪淑苓第一篇發表的書評，爾後她的學術觸角從民間文學擴及現代詩，經營多年的書評於2004年集結為《現代詩新版圖》出版。

洪淑苓表示，一旦愛上了詩，不論創作、教學與論述，都是屬於自己的幸福，每一首詩背後都有著美麗而孤獨的靈魂，她一直很樂於在詩的國度扮演辯士，為大家導讀詩作。從資深作家到詩壇新秀，從紙本詩集到網路作品，都是她閱讀的範疇，因此這本集子取名為《現代詩新版圖》，代表現代詩進入新時代的多元風貌，全書分作「女詩人新版圖」、「男詩人新版圖」、「詩閱讀新版圖」、「童詩新版圖」四卷，這四大面向正是她長期關注的領域。

洪淑苓強調，大家會稱呼女詩人為「女詩人」，但對於男詩人卻只稱作「詩人」，不禁讓她開始思索，「女詩人」這樣的名詞究竟是褒還是貶？女詩人是不被重視的一群，或者是堅持不向主流靠攏的抵抗者？《現代詩新版圖》在分卷上特別標明了女詩人與男詩人，並把女詩人排在第一卷，代表女詩人的主體性，以及她對女詩人的肯定，像是蓉子、林泠、朵思等人的詩作，都讓她忍不住一讀再讀。

洪淑苓本身是女詩人，對於女詩人自然多了一分關注，21世紀以降，她的現代詩研究逐漸聚焦在女詩人，2014年出版的《思想的裙角——臺灣現代女詩人的自我銘刻與時空書寫》，就是她深耕女詩人研究的階段成果。論集從自我、時空、生死三個角度切入，析論了胡品清、林泠、朵思、夐虹、蓉子、陳秀喜、杜潘芳格、羅英八位女性詩人。

臺大出版中心推出《思想的裙角》一書後，先後在臺大誠品舉辦了「女性詩學評析：臺灣當代女詩人的自我銘刻與時空書寫」講座與「思想的裙角：臺灣兩代女詩人作品之女性意識與行吟美學」朗誦會，前者有詩人陳義芝與洪淑苓對談，後者則邀請蓉子、朵思、洪淑苓、顏艾琳、張芳慈、紫鵑等不同世代的女詩人現場朗誦，暢談她們的詩心與詩路。

洪淑苓談到，創作就像是一座祕密花園，讓女詩人在忙碌之餘，得以擁有自己的一方天地，用想像綻放詩的光彩，書名「思想的裙角」取材自林泠〈「一九五六」序曲〉一詩的句子，藉由裙角飛舞的形象呼應思想的自由奔馳。過去鍾玲、李元貞、奚密的相關研究，已為女詩人研究奠定豐富的基礎，《思想的裙角》從女詩人個別研究出發，以最令她著迷的資深女詩人為討論對象，期盼對女詩人能有更完整的論述，透過詩來發掘女詩人生命的光與熱，也希望她的論文不只是把女詩人介紹給讀者，更能勾起大家對於詩人及其作品的興趣，進一步去閱讀詩集。

2016年出版的《孤獨與美——臺灣現代詩九家論》，則是洪淑苓現代詩研究的新里程碑，從1921年出生的周夢蝶到1961年出生的陳克華，時間軸橫跨臺灣詩壇前行代與中生代，依序討論了周夢蝶、鄭愁予、葉維廉、杜國清、席慕蓉、莫渝、陳義芝、瓦歷斯・諾幹、陳克華九位詩人。九位研究對象中，有的崛起於50、60年代，有的80年初試啼聲即蔚為風潮，多數詩人至今仍筆耕不輟，九位詩人用他們的生命拼圖出不同時期的現代詩面貌，本書也展現了洪淑苓嘗試以詩人來寫詩史的企圖心。

穿梭在創作與研究之間的洪淑苓，一路走來，總是保持優雅的身姿，就像她曾經寫下的文字：「詩人的桂冠永不凋萎」，期待洪淑苓繼續開拓她的現代詩版圖。

本文原刊載於2020年3月《吹鼓吹詩論壇》第40期

總有一片月光引路
——陳胤的文學行動

很多作家在彰化縣出生，但大多數的人長大後都前往外縣市發展，長期留在彰化的人其實不多。相較於彰化縣其他青壯輩作家，陳胤顯然是一個特別的存在，他這輩子幾乎都住在家鄉彰化縣永靖鄉，他不只是一位創作者，他更是一個行動派的文化推動者。喜歡文學的他，原本在國中任教，為了帶領學生認識自己生長的地方，他親自做田野調查、編寫教材，出版的第一本書《柳河春夢》正是鄉土教材。

陳胤也一直很注意出生彰化、定居彰化、持續寫作的年輕世代還有誰，他認為有沒有居住在彰化，在寫作意義上並不一樣，在地生活對地方自然會有一份特別的情感，因此住在彰化跟不住在彰化，他們對家鄉的認識與想像勢必有所不同。對所生所長這片土地的關注，一直是陳胤作品的特色，而詩始終是陳胤的最愛，一開始他寫的是華語詩，對土地的關注促使他轉向臺語詩創作，2014年陳胤出版第一本臺語詩集《戀歌》，整本詩集由他自行設計出版，他同時帶著版畫到各地咖啡館辦詩畫展，希望透過圖畫的媒介，用力把臺語詩推廣出去。

2017年8月，榮獲財團法人國家文化藝術基金會創作暨出版雙項補助的《月光：陳胤臺語詩集》，由前衛出版社出版，陳胤於8

月26日在彰化市的紅絲線書店舉辦新書分享會，娓娓道來他以「月光」感染社會的期盼。陳胤表示，詩集《月光》以月光作為主要意象，月光不像日光那般猛烈，是一種內斂的微光，讓人覺得很舒服又不會感到刺眼，這樣的形象其實跟詩人的特質相當類似。黑暗之中因為有了月光，行人就不會看不到路，月光這股微弱的存在，或許平時不會特別去注意，但當你需要的時刻，只要抬頭就能看見，月光在天上照亮漆黑的小徑，母語也是如此，一直都存在，等待大家去發現。另一方面，月光並不是每天都有，也不是每天都一樣明亮，月亮有陰晴圓缺的變化，因此月光也像戀人的關係，而愛不只是在人與人之間，也在人與土地之間。

單身時刻，就把愛給全世界

展讀《月光》詩集，其中同名詩作〈月光〉寫道：

Hit時
我tī細漢ê記持內面
種一欉夢想
好佳哉，koh有目屎好沃
無論歡喜，抑是悲傷
只要有月光，伊就直直大漢
枝葉嘛漸漸湠開……

這時
我聽著花開ê聲音

有一種思念ê芳味

親像燈蛾仝款

Kā規樹林ê心事，攏總

掀出來，春夏也好

秋冬也好，憂悶ê露水

猶原會記得月娘ê恩情

一點一滴，用愛報答

你珍惜ê暗暝……

〈月光〉一詩看似描寫月亮，其實是藉由感謝月娘的恩情，來感謝所有關心他的人，那些溫暖的心意就像月光的照耀與支持，讓他日益茁壯。陳胤自言，他向來不擅人事應對，只能把感激的心情一點一滴轉化為打拼的力量，繼續在夢想的航道前進。

愛與自由的追尋是《月光：陳胤臺語詩集》的核心主題，詩集封底印著這麼一段詩：

揣著伊進前，

將所有ê愛，hōo這个世界；

揣著伊了後，

共全世界ê愛，攏hōo伊……

陳胤認為，每個人都希望能找到生命的靈魂伴侶，但也有人窮盡一生都未能找到，或是找到了卻無緣天長地久，他在還沒找到喜歡文學的另一半之前，決定把愛給全世界，去關心所生所長的土地，等到找到靈魂伴侶之後，再把全世界的愛給對方。他現階段的靈魂伴侶就是文學，這首詩可說是他的創作觀，寫詩也是祝福跟祈禱，不論是私人的愛還是世界的愛，都是懷抱溫柔的心與土地共存。寫臺語往往越寫越寂寞，好在詩本身擁有無窮的能量，可以支撐作者繼續堅持下去，他希望自己寫的臺語詩能成為引路的指標，讓大家發覺寫臺語、讀臺語並沒有想像中那麼難，進而號召更多人加入母語創作的行列。

陳胤進一步說，詩最重要的是意象，但不能把意象堆疊到沒有人看得懂，很多詩都有這樣的毛病，華語詩就常常因追求雅字雅言，變得非常坳口。他有很多詩作以愛為表現主題，寫愛並不一定要風花雪月，或是使用非常艱澀的字詞，能與日常相連結更重要，因此他寫臺語詩時，一直思考著如何用生活的語言來表達。華語只有四音，臺語有八音，豐富的音韻也是臺語的優勢，他希望自己寫下的母語詩，最好是可以不用看文字，單純念出來，大家就能聽懂。詩作完成後他都會先念念看，如果不夠淺白就會加以修改，他相信語言來自生活，詩不該脫離生活。

《月光：陳胤臺語詩集》第四卷「抛荒ê心」，是他的母語詩筆記，收錄有36首短詩，從中可窺見他對母語的觀察及想法，他憂心在功利主義掛帥的社會環境裡，母語會沒有生存空間，但他依然期盼母語文學能如月光，在黑暗中為臺灣帶來一絲光明。特別的是，這個系列作品大部分選用詩作的最後兩個字來當詩名，陳胤談到，以前中國古詩常常會擷取詩句前兩個字為詩名，他如此替臺語詩命名，也是一種逆向思考，一種對傳統體制的反抗。

「抛荒ê心」單元的第一首詩〈墓牌〉，就說出他的母語意識：

用母語寫詩
毋是beh揣死
是beh為死去ê尊嚴
刻一塊
墓牌。

母語正在消失，國際學者甚至預言臺語會在這個世紀死亡，作為一個創作者，最有力的行動就是不斷書寫，寫下一首又一首的臺語詩，讓作品流傳下去，以捍衛母語。陳胤堅定地說，就算有一天臺語會不見，他還是會盡力寫下去，為母語留下一塊墓碑。

另一首作品〈詩〉，則寫出母語死亡等於文化死亡的憂心忡忡：

母語，若死
規个民族
就變啞口；一首
往生ê詩……

陳胤認為，語言消失就等同文化消失，最後整個民族都會消失，或是被同化，不知道自己是誰，想要復興日漸式微的母語，一定要同心協力，力量才能集中。

臺語書寫，從畢業紀念開始

陳胤回憶說，小時候在家裡講臺語是很自然的事，但教育政策卻禁止說臺語，在他念書的年代，在學校講臺語是會被罰一塊錢的。用臺語來書寫要有臺語意識，雖然他一直都會說臺語，但會講臺語並不見得是臺語意識，他的臺語意識是在1987年萌芽，就讀淡江大學四年級時。當時念中文系的他，畢業前想寫一本作品集，給自己當作畢業紀念，但用華語創作一直不順，突然閃過一個念頭，平常都講臺語比較多，為什麼不用臺語來寫寫看，結果發現用臺語構思的時候很流暢，但書寫時卻找不到字，不知道應該用那個字才對，進而意識到為什麼平常講的語言跟寫的語言不一樣。

少作《無鳥散記》後來以影印手工書的方式自費印了十本，是陳胤的大學畢業紀念，也是他思考「嘴筆合一」這個問題的起點。服兵役退伍後，他參與文史工作，因緣際會聽到臺灣史專家張炎憲教授的演講，張教授全程以臺語來闡述臺灣史，就連學術專有名詞也完全用臺語呈現，讓陳胤受到很大的衝擊。陳胤指出，那種震撼就像大腦突然被敲了一下，原來臺語的詞彙這麼豐富、這麼深刻，他也才驚覺到，明明自己原本也是講臺語為主，但接受國民教育之後，受到影響變得華語化而不自知。

他明白語言就在生活中，日常生活若是不使用，語言就去掉半條命，時間一久恐怕將步上消失的命運。也是從這個時間點開始，他慢慢練習用全臺語講述，想把失去的母語找回來，但臺語書寫用字的問題仍無法解決，因此直到2001年，陳胤才寫下第一首臺語詩〈天地〉，道出他對土地的疼惜。〈天地〉其中一個段落寫著：

彩色e天照著一塊青青e土地
阮e國家，是一座美麗e島嶼
島嶼，溼溼悶悶　稍寡仔沉重
因為伊有一段講未出嘴e過去

甲一個

無人知影e願望

詩人把愛給臺灣這座島嶼的同時，卻也體認到臺灣的矛盾，海島看似開放其實很封閉，這樣的矛盾與複雜的歷史有關，臺灣是美麗之島福爾摩沙，卻也刻著沉痛的殖民傷痕。

到了2006年，教育部頒布「臺灣閩南語推薦用字」與「臺灣閩南語羅馬字拼音方案」，臺語書寫總算有字可循，不再是從歌仔冊、臺語歌詞裡找字用，於是陳胤開始有計畫的創作臺語詩，他用淺白易懂的臺語，書寫生活的感動，相關作品也榮獲教育部臺灣閩客語文學獎、彰化縣臺語文學創作比賽、鄭福田生態文學獎等獎項的肯定。

無奈詩市場終究是小眾，臺語詩更是小眾中的小眾，因此苦無出版機會，一直等到2014年，在財團法人國家文化藝術基金會的獎助下，陳胤終於出版了第一本臺語詩集《戀歌》。陳胤的臺語書寫採用漢字為主、羅馬字為輔的形式，搭配上華語註解，一方面讓讀者更能理解臺語字詞，另一方面，讓略懂臺語的人也能進入臺語詩的世界。

《戀歌》這本集子的設計由陳胤一手包辦，詩集封面選用接近大地顏色的牛皮紙，象徵「詩種在土地上」，以及「文學不死」的韌性，內頁除了臺語詩，還有陳胤的版畫作品。陳胤表示，結合圖畫是想縮短詩跟大家的距離，文字跟圖畫的創作想法其實是相通的，只是形式上不同，同一個題材本來就可以用很多角度去呈現，文字與圖畫是搭配，也是各自敘事，讀者可以採取自己的視點來詮釋。《戀歌》是一本以愛為主題的創作，這批版畫後來也以「愛的進行式」為名，2014、2015年到彰化市的吉米好站等藝文空間舉辦展覽。

《月光：陳胤臺語詩集》同樣延續詩畫共鳴的特色，藉由高反差的照片，呼應生活的哲思。這本集子裡不少作品都是陳胤對日常生活的思考，四卷卷名依序列下是：「拄好／刻骨ê傷痕／知影／拋荒ê心」，搭配上書名〈月光〉當詩名，也是一首小詩，由此可見作者的巧思。

柳河春夢，以家鄉為師

陳胤出生在彰化縣永靖鄉，永靖人說臺語有獨特的口音，被稱為「永靖腔」，就是大家常聽到的「永靖枝仔冰冷冷硬硬（Íng-tsīng ki-á-pen lián lián tián tián）」，對此陳胤也寫了一首臺語詩〈永靖枝仔冰〉。陳胤提及，從前他說「我是甲（Guá sī tsiâ）」，同學聽不懂他的「永靖腔」，後來他發現南投、嘉義也有人這樣講，大概是隨著人們的遷徙，語言也被帶過去，其實語言本來就是活的，會跟著生活一起變化、一起傳下去。

以前陳胤不知道為什麼永靖的臺語跟別人不同，上了大學之後，才從書中驚覺，原來他是失去母語的客家人，彰化平原還有很多人跟他一樣，不知道自己的客家人身世。彰化的客家人主要分佈在員林、永靖、埔心三個鄉鎮，永靖約有七成的人是客家人，但隨著時間已被福佬客同化，變得只會說臺語、不會說客語，甚至誤以為自己是福佬人。被同化的原因很多，一方面因為福佬客具有人數優勢，人口多的本來就比較容易影響人口少的，另一方面，清代頻頻發生的分類械鬥，包含福、客族群械鬥，以及漳、泉械鬥等，兩方拉鋸過程也衍生出結盟對抗的戰略，無形中加速了融合與同化，於是產生了獨特的「永靖腔」。

大學時期負笈北上求學，讓陳胤在書籍裡發現了許多他不知道的家鄉事，不僅讓他省思到自己對故鄉的認識有限，也促使他日後回來彰化執教鞭時，成立「柳河文化工作室」，自發性展開田野調查、編寫彰化文史教材，帶領埔心國中的學生認識這塊土地。陳胤說，以前他從沒想過自己第一本大量發行的書，竟然會是教材，當時只是一個想法，覺得孩子們生在彰化、長在彰化，卻不認識自己的村落，只知道課本上那些遙遠的知識，非常可惜，教育不應該只是追求考試分數而已，因此他想要搭一座橋讓學生認識鄉土，於是寫下《柳河春夢》一書。

為國中生量身打造的教材《柳河春夢》，藉著在埔心鄉立圖書館辦展覽，順利籌募到出版基金，1998年正式出版。全書分成三個單元，第一個單元「生活影像」，結合照片與短文，從生活週遭可見的人力幫浦、鐵路平交道、噴漆廣告、廟宇物件等，觀察時代的變遷，同時介紹在地文化；第二個單元「土地的故事」，聚焦於文化地景，引導學生了解埔心鄉的歷史；第三個單元「腳踏實地，向土地學習」，則帶領學生走出教室，造訪埔心鄉的柳河及週邊景點，以土地為師，探索人與自然的關係，感受這片土地的人文風景，省思工業發展對生態的污染及破壞。

「柳河」其實是員林大排水渠道的其中一段，這條人工開鑿的河流，流經埔心時兩側種植柳樹，被當地人稱作「柳溝」或「柳仔溝」。「柳河」是比「柳溝」更文雅的名字，蘊含著文人的浪漫想像，陳胤不只是帶學生尋訪柳河之美，為鼓勵學生書寫家鄉，他自掏腰包，從1999年開始，舉辦一年一度的「柳河少年文學獎」。爾後他更發行《柳河》社區藝文報，帶著學生一同扮演文化志工，把埔心的美麗介紹給更多人。

陳胤說，柳河曾經是埔心鄉知名的旅遊景點，50、60年代常常可以見到有人在水面划船的景致，「柳橋遠眺」的美景也被譽為「彰化八景」，當年還有一部由柯俊雄、張美瑤主演的電影《橋》在柳河取景。可惜隨著工廠林立與廢水汙染，柳河的清澈不再，但他相信柳河只是暫時擱淺了，他鼓勵學生去思考柳河的過去與未來，因此「柳河少年文學獎」的徵文主題就是「柳河」。剛開始他告訴學生文學獎的消息時，孩子們一頭霧水，不知道什麼叫文學獎，他只好解釋是類似作文比賽的活動，學生們才似懂非懂，這件事也不禁讓他感嘆，以升學為普世價值的教育環境，侷限了學生們的視野，讓他們對課本及考試以外的事，幾乎一無所知。

秋末冬初，為教改繼續堅持

1990年9月，陳胤擔任淡水國中代課老師，這是他教師生涯的起點，其後輾轉經歷了臺北市私立志仁家商、高雄縣龍肚國中等教職，1994年暑假，陳胤通過彰化縣國中教師甄試，回到家鄉彰化，進入埔心國中任教。

踏進教學現場後，陳胤對於「學校補習班化」、「能力編班」等中學教育亂象，感到非常不可思議，對教育懷抱理想的他，以本名陳利成在《臺灣時報》發表〈國中安親班〉一文，抨擊為了升學無限延長學習時間的問題，呼籲教學要正常化，不料引發校長不滿，此後他在學校也成了黑名單，屢屢受到打壓。但陳胤並沒有因為校長在公開會議上的怒斥，就放棄推動教改的初衷，他唯一的讓步只有為了減少與學校之間的摩擦，改以筆名陳胤、刑天來發表評論。

陳胤指出，當年他還在北部教書時，臺灣社會已經解嚴，過去大家絕口不提的二二八事件等歷史，漸漸都被攤在陽光下討論，當時他教歷史課時，認為學生們有知道的權利，就想把二二八事件的來龍去脈告訴學生。他希望可以客觀陳述，因此盡可能蒐集了各種資料，花費一整個寒假來準備教材，沒想到就在他講述完二二八課程大約三個禮拜後，有一天上課上到一半，赫然發現校長帶著兩名教官出現在教室後面，自認問心無愧的陳胤，見他們並沒有要打斷他上課的意思，只是沉默地站在那邊，於是繼續講授他的課程，當時他也想到，這可能是他最後一次在講臺上了，因此他反覆強調「蕃薯毋驚落土爛，只求枝葉代代湠」的精神，希望多少能啟發學生。

校長他們在教室後聽了一會，大概覺得自討沒趣就離開了，又過了好幾天，校長才約談他，大意是說有人去教育局檢舉他，婉轉提醒他以後上課時，最好避免說一些課本上沒有的東西。陳胤說，回想起來自己彷彿也經歷了一場二二八，但他帶領學生認識臺灣、認識家鄉的信念始終沒有變過，因此回到彰化教書後，他先做田野調查，從員林的興賢書院開始，接著是埔心的柳河，透過實際踏查地方與訪談耆老，了解土地的故事，並設計適合國中生的課程與教材。

當時的教育氛圍以升學為唯一導向，國中設置第八節課後輔導、晚自習、假日上課，將學生的學習時間拉長到一天十幾小時，只為讓學生能考進排名前面的高中，甚至不少老師自己在校外開設補習班，對有補習的學生另眼看待，這些現象都讓陳胤感到忿忿不平，他一邊提筆書寫萬言書，想建議校長廢除能力編班，一邊投書報紙，希望中學教育可以提供多元學習的場域，幫助學生拓展個人價值，找到自身的專長與興趣。

當教育部提出學校應該實施常態編班，校長也在會議上公開宣布將推動常態編班，陳胤一度相信教改的理想就要實現了，沒想到政策所謂的「玩真的」，事實上卻是「真的在玩」，學校自然有一套方法規避分班問題，投訴也只會得到官方式的虛應。

萬分憂心的陳胤於2001年出版《秋末冬初2001臺灣國中教育診斷書》一書，教育改革議題雖然沉重，但他在敘事上結合文學與社論兩種寫法，藉由名為齊瓦哥的紅尾伯勞飛過校園，揭示校園裡光怪陸離的各種生態，同時提出落實校長遴選、常態編班，教學、補習分離，建全社團活動等建言，期盼在上位者能以學生人格發展為優先考量。他強調，國中階段正是重要的人格養成時期，能力編班等於對學生貼上標籤，被歸類到放牛班的學生，很可能因為體制放棄他而從此自暴自棄。

陳胤表示，曾經有被分到後段班的學生對他說：「你一定是壞老師，才會來教我們。」他內心覺得非常沉痛，不是因為被學生稱為壞老師而感到傷心，而是學生竟然已經自己將自己視為壞學生了，世界如此寬廣，人又怎麼能單純用「好」與「壞」來二分呢！？因此擔任老師期間，他總不忘提醒被分到前段班的孩子，要珍惜自己比別人多的學習資源，要懂得謙虛並尊重其他同學，他也鼓勵被分到放牛班的學生，老師對他們的關心不曾打折，學習不會只有教科書，每個人都有自己的價值。

退休前夕，陳胤把對學生的關懷譜成一曲又一曲的詩篇，他為33名學生一人寫了一首詩，並在國中最後一學期，寫下一系列的祝禱詩作，用最溫暖的文字，給予學生滿滿的祝福，希望他們不要因為被殘酷的教育體制歸類為放牛班學生，就失去了追尋夢想的勇氣，這些作品後來集結為詩集《青春浮雕》，入選彰化縣作家作品集，2012年由彰化文化局出版。

陳胤對於教育的關心並沒有因為退休而中斷，2017年秋天，當高中國語文課綱文言文與白話文比例吵得沸沸揚揚時，他再一次為教育改革站出來，參與「支持調降文言文比例，強化臺灣新文學教材」聯署，期盼課本能打破僵化的舊思維，讓文學與生活接軌。

社會運動，永遠與土地同陣線

早在陳胤投入教育改革之前，他就曾參與街頭運動，還因此搭上囚車，被鋼鐵巴士載到棒球場趕下車。1992年4月19日，「公民直選總統大遊行」在忠孝西路上演，當時在臺北私立高職任教的陳胤，在抗爭的第五天，與朋友從淡水趕到臺北市，加入民主運動的行列，那一晚大家相互環著手、盤著腿並坐，卻在天亮時被拖上鎮暴車驅離。那個坐在馬路上的夜晚，陳胤腦海中的思緒沒有停過，他想著執政黨會如何對付他們這群抗爭者，想著民主的未來將怎麼走，想著什麼是尊嚴，想著這個島嶼曾經受過的苦難……他的心情雖然沉重，想法卻是越辯越明，他知道關心臺灣不是坐在客廳裡，對著電視機批評東、批評西，而是用具體行動來找尋土地的意義。

陳胤在《咖啡．咖啡》一書裡有這麼一段話：「我嗅到泥的芬芳，有一天，我會化作一株植物，與我的詩，就種在臺灣的土地上……」一語道出詩人與島嶼無法分割的連繫，面對紛紛擾擾的社會事件，陳胤始終選擇與土地站在同一陣線。前幾年彰化發生中科搶水事件，溪州鄉的農業用水將被強行挪為中科四期二林園區工業使用，陳胤也寫下〈免插伊——寫予溪州庄的稻仔〉一詩聲援溪州農民，其中第二段寫道：

免插伊，遮ê肝遮ê腱
歷史，永遠會徛tī
公義hit一pîng，伊搶走ê
是水，搶bē走你種tī塗跤ê
尊嚴　kap意志

詩人利用臺語「肝」與「官」的諧音，表現諷刺之意，並刻意採用對稻子說的敘述口吻，藉由稻子成熟會彎腰的謙虛，對比官員們的不知民間疾苦。詩作同時強調歷史永遠會站在公理正義這一端，種在土地裡的尊嚴、環境永續的信念，都是不會輕易動搖的。

對於「臺灣閩南語」被簡化稱為「閩南語」，忽略語言在臺灣的變遷及發展等在地特質，陳胤同樣以詩來陳述他的觀點，〈恁老師khah好咧，閩南語〉從「臺語」、「臺灣閩南語」再到「閩南語」的改變寫起，對掌權者的「去臺灣化」表達不滿，緊接著寫道：

歷史，kā阮講
講一句，罰一箍
我嘛beh kā歷史講
罰一箍，你就欠恁爸一世人

詩人交疊小時候講臺語被罰錢的生命經驗，以及長大後凝聚的母語意識，明白指出，自己將用一輩子的時間，找回母語的尊嚴。陳胤感嘆，臺語是日常生活的語言，臺語詩應該比華語詩更容易懂，但大多數的人卻覺得臺語詩很冷門、很難懂，因此推廣不易。他書寫臺語時會盡量選擇漢字，正是希望提高大家對閱讀臺語文學的接受度，但母語復興的關鍵還是在教育體制，目前國小有開設母語課程，到了國中卻沒有母語課接續，等於母語學習剛起了頭，馬上又中斷了，也難怪現在臺語能夠講得很流利的年輕人並不多，悲觀一點看，很可能三十年後臺語就會消失。

陳胤同時談到，教育部雖然在2006年頒訂「臺灣閩南語推薦用字」，並建置了臺灣閩南語漢字輸入法，但字典遲遲沒有再新增內容，一些有爭議的用字也未進行修改，因此大家對於臺語文字標準化的看法仍未取得共識，沒有標準用字也是語言推廣的一大問題。2018年5月5日彰化臺語文創意園區正式揭牌，是一個好的開始，期盼政府對母語能有更多重視，從教育政策開始，讓下一代能聽、能說臺語。

陳胤最喜歡的是詩，但寫作卻是從田野調查開始，希望透過自編教材，打破僵化的教育系統。就像他自己說的，他專門做沒有人要做的事，關心少人關注的議題，他不只是寫詩，更創作詩畫，藉由展覽來推廣臺語，期待他的《月光》可以點燃臺語文學的火種，讓母語的微光繼續閃耀。

本文原刊載於2019年3月《吹鼓吹詩論壇》第36期

#【後記】
詩路尋光

「我想當詩人！」因此我一直深信，我的第一本書會是詩集。不記得從什麼時候開始，我從年輕詩人變成詩評家、變成彰化文學研究者，然後有一天回頭，驚覺自己拿不出幾首詩，於是，當年的詩人夢轉了一個彎，我想當最有資格幫向陽老師寫傳的人！

2016年我以詩人人物誌《詩人本事》入選彰化縣作家作品集，在彰化文化局出版了第一本書，《詩人本事》這本報導文學集記錄了我因詩相遇的緣份，也讓我從此多了報導文學家這個身分。我常常在想，聽見引發共鳴的歌曲，我們可能會反覆播放，甚至跟著哼唱，那麼，閱讀一首自己喜歡的現代詩，該如何延伸那份感動呢？會撰寫《詩人本事》，正是希望把曾經感動我的生命故事記錄下來，讓更多人感受到文學的力量。剛起步的創作者難免敏感，常常會懷疑自己能力不足，真的要繼續在創作路上走下去嗎，但很幸運的是，《詩人本事》收到許多正面鼓勵。

有朋友在臉書讀到我寫的序，傳訊息告訴我，這些文字鼓舞了他，讓他想繼續創作；也有朋友說在《詩人本事》裡獲得寫作的靈感，還有朋友自告奮勇要幫我把作品翻譯為日文……最讓我難忘的，是吳晟老師收到書並閱讀完後，撥了一通電話給我，他鼓勵我繼續耕耘《詩人本事》，打開廣度，把不同風格的詩人介紹給讀者，或者開展深度，站在過去的基石上，為長期關注的詩人寫專書。

我喜歡用麵包來比喻每個人的價值，麵包店的麵包出自同一個麵糰，有的灑上蔥花變成了鹹麵包，有的夾入奶酥或是紅豆餡變成甜麵包，有的則保持原味的美好，成為白吐司。不論是甜麵包、鹹麵包還是白吐司，它們都各自發揮了自己的價值，提供食用者熱量與好心情，人生也是如此，我們從相同的起點出發，經歷不同的旅程之後，各自在屬於自己的領域發光發熱，書寫《詩人本事》讓我從白麵糰變身麵包，找到自我定位，因此這些年我一直在思考下一本《詩人本事》的可能。

《詩路尋光：詩人本事》延續《詩人本事》的特色，以六位詩人為觀察對象，兼論作家文學歷程與作品，不同的是，《詩人本事》以前輩作家為主，《詩路尋光：詩人本事》將重心移至中壯輩詩人群，全書包含1944年出生的吳晟、1955年出生的向陽、1958年出生的林柏維、1959年出生的孟樊、1962年出生的洪淑苓，以及1964年的陳胤，期盼透過我的文字，引領大家去認識不同世代、不同風格的詩人及其創作。

《詩路尋光：詩人本事》的誕生，要感謝向陽老師推薦我寫〈堅若草根，燦如銀杏——向陽的文學年輪〉，因為有這篇文章，《詩路尋光：詩人本事》才跨出第一步。還要感謝好友陳政彥推了我一把，2019年3月，我在《吹鼓吹詩論壇》發表〈總有一片月光引路——陳胤的文學行動〉，意外引發許多迴響，在政彥的強力鼓吹下，我從6月號開始執筆「詩人本事」專欄，由於我本身不是中文系出身，因此「詩人本事」專欄大多數論述的詩人也是非中文系的，在論述作家作品的同時，我彷彿也跟隨他們的生命印記，走過詩路上的點點星光，找到繼續前進的能量，看見文學的各種可能。

李桂媚2020年5月7日

【附錄】
李桂媚詩學年表

1982　10月，出生於彰化。

1999　參加溪湖高中詩歌朗誦隊，埋下詩的種子。

2001　錄取文化大學印刷傳播學系，加入華岡詩社。

2005　進入國北教大臺文所就讀，受到恩師孟樊教授、向陽教授啟發，投入現代詩研究。

2007　於《臺灣詩學學刊》第9號發表論文〈瘂弦詩作的色彩美學〉。

2007　於《當代詩學》第3期發表論文〈孟樊詩作的藍色美學〉。

2008　於「錦連的時代——錦連詩作學術研討會」發表論文〈錦連詩作的白色美學〉。整理〈錦連研究相關書目〉，收錄於《錦連的時代——錦連新詩研究》。

2008　於《臺灣文學評論》第8卷第3期發表論文〈詹冰圖象詩的文本性訊息〉。

2009　於「翁鬧的世界——翁鬧百歲冥誕學術研討會」發表論文〈從三道語言伏流透視日治新詩標點符號運用——以賴和、楊守愚、翁鬧、王白淵為例〉。整理〈翁鬧相關研究資料〉，收錄於《翁鬧的世界》。

2010　為詩人康原《逗陣來唱囡仔歌I臺灣歌謠動物篇》、《逗陣來唱囡仔歌IV臺灣植物篇》兩書繪製插畫。

2010　以論文《臺灣新詩標點符號運用——以彰化詩人為例》取得碩士學位。

2010　於《當代詩學》第6期發表論文〈林亨泰新詩標點符號運用〉。

2011　詩作入選《彰化縣百載百詩得獎作品專輯》、《臺灣詩人手稿集》。

2011　學術論文〈蕭蕭新詩標點符號運用〉收錄於《簡約書寫與空白美學：蕭蕭新詩評論集》。

2011　於《海翁臺語文學》第112期發表論文〈康原臺語詩的青色美學〉。

2011　〈孟樊〈我的書齋〉之表現手法〉收錄於孟樊詩集《戲擬詩》。

2011　為王厚森詩集《搭訕主義》繪製插畫，並撰寫推薦文〈每一首詩都是搭訕的起點〉。

2012　於《中市青年》開設漫畫專欄「繪心箋」。

2013　獲彰化市公所邀約，為《親近作家．土地與人民》繪製插畫，並於古月民俗館舉辦詩畫展。

2013　為康原詩集《番薯園的日頭光》繪製插畫。

2014　於《中市青年》開設插畫教學專欄「插畫沒有你想的那麼難」。

2014　為王厚森詩集《隔夜有雨》繪製插畫，並撰寫推薦文〈每一首詩都是因為愛〉。

2014　與王文仁合著〈旅人的當代抒情——須文蔚與嚴忠政詩作色彩美學析論〉，於「創世紀60社慶學術論文發表會」宣讀。

2014　與王文仁合著〈賴和新詩的紅色美學〉，於「2014彰化研究學術研討會——賴和．臺灣魂的迴盪」發表。

2015　於《文訊》第352期發表〈生命三稜：蕭蕭的私創作、詩推廣與思研究〉，於《秋水詩刊》第164期發表〈夢行過山崙，咱的青春攏是風景——詩人向陽的書寫旅途〉，從此展開詩人人物誌書寫。

2015　為彰化文學館設計作家明信片、詩作書籤與紀念書包。

2015　於「春華秋實－在時光的門欄裡回望」席慕蓉詩作學術論文發表會發表論文〈情絲不斷，情詩不斷——席慕蓉詩作的雨意象〉。

2015　與王文仁合著〈黑暗有光——論王白淵新詩的黑白美學〉，於「踏破荊棘，締造桂冠：王白淵逝世五十週年紀念學術研討會」發表。

2016　報導文學集《詩人本事》入選彰化縣作家作品集。

2016　為林德俊《愛上寫作的11種方法》繪製插畫。

2016　與王文仁合著〈青之所寄與色之所調——試論楊熾昌詩作的青色美學〉，發表於《臺灣詩學學刊》27期。

2016　與王宗仁合著〈彰化現代詩的發展面向——以1949年前出生詩人為例〉，發表於《彰化文獻》第21期。

2016　推薦序〈以詩告別，向詩告白〉收錄於林炯勛詩集《向相視——告別》。

2017　為高詩佳《向課本作家學習寫作：用超強心智圖解析作文》繪製插畫。

2017　於「第21屆臺灣文學家牛津獎暨吳晟文學學術研討會」發表論文〈論《吳晟詩・歌》專輯的詩歌交響〉。

2017　與陳政彥、王文仁、陳鴻逸合組Panel，於「2017臺灣文學年會」以「世代交替的臺灣現代詩」為主題，發表〈江山代有詩人出〉。

2017　出版詩集《自然有詩》。

2018　推薦序〈詠情以色的法式浪漫〉收錄於莫渝詩集《貓眼，或者黑眼珠》。

2018　獲頒106年教育部閩客語文學獎閩南語現代詩社會組第2名。

2018　獲頒國立溪湖高級中學傑出青年校友。

2018　於「在現實的裂縫萌芽：岩上學術研討會」發表論文〈岩上現代詩的色彩美學〉。

2018　出版論文集《色彩・符號・圖象的詩重奏》。

2018　於「臺灣1970世代詩學研討會」發表論文〈論王厚森現代詩的重複美學〉。

2018　推薦序〈讀後X獨厚——王厚森及其「論詩詩」〉收錄於王厚森詩集《讀後：王厚森「論詩詩」集》。

2019　於《當代詩學》第13期發表論文〈論王厚森現代詩的重複美學〉。

2019　於《吹鼓吹詩論壇》開設「詩人本事」專欄。

2019　主編《在現實的裂縫萌芽：岩上學術研討會論文集》。

2019　出版《月光情批：李桂媚臺語詩集》。

2020　於《當代詩學》第14期發表論文〈論向陽現代詩的四季意象〉。

2020　與王文仁合著〈向陽現代詩的黑色意象〉，發表於《文史臺灣學報》第14期。

秀威經典　　語言文學類　PG2491　臺灣詩學論叢19

詩路尋光：詩人本事

作　　者／李桂媚
論叢主編／李瑞騰
責任編輯／石書豪
圖文排版／蔡忠翰
封面設計／蔡瑋筠

出版策劃／秀威經典
發 行 人／宋政坤
法律顧問／毛國樑　律師
印製發行／秀威資訊科技股份有限公司
114台北市內湖區瑞光路76巷65號1樓
電話：+886-2-2796-3638　傳真：+886-2-2796-1377
http://www.showwe.com.tw
劃撥帳號／19563868　戶名：秀威資訊科技股份有限公司
讀者服務信箱：service@showwe.com.tw
展售門市／國家書店（松江門市）
104台北市中山區松江路209號1樓
電話：+886-2-2518-0207　傳真：+886-2-2518-0778
網路訂購／秀威網路書店：https://store.showwe.tw
國家網路書店：https://www.govbooks.com.tw

2020年11月　BOD一版
定價：220元

國家圖書館出版品預行編目

詩路尋光：詩人本事 / 李桂媚著. -- 一版. --
臺北市：秀威經典, 2020.11
面； 公分. -- (臺灣詩學論叢；19) (語
言文學類；PG2491)
BOD版
ISBN 978-986-99386-0-0(平裝)

1.臺灣詩 2.新詩 3.詩評

863.21 109013938

讀者回函卡

感謝您購買本書，為提升服務品質，請填妥以下資料，將讀者回函卡直接寄回或傳真本公司，收到您的寶貴意見後，我們會收藏記錄及檢討，謝謝！如您需要了解本公司最新出版書目、購書優惠或企劃活動，歡迎您上網查詢或下載相關資料：http:// www.showwe.com.tw

您購買的書名：________________________________

出生日期：________年________月________日

學歷：□高中（含）以下　□大專　□研究所（含）以上

職業：□製造業　□金融業　□資訊業　□軍警　□傳播業　□自由業

□服務業　□公務員　□教職　□學生　□家管　□其它____

購書地點：□網路書店　□實體書店　□書展　□郵購　□贈閱　□其他

您從何得知本書的消息？

□網路書店　□實體書店　□網路搜尋　□電子報　□書訊　□雜誌

□傳播媒體　□親友推薦　□網站推薦　□部落格　□其他__________

您對本書的評價：（請填代號　1.非常滿意　2.滿意　3.尚可　4.再改進）

封面設計____　版面編排____　內容____　文／譯筆____　價格____

讀完書後您覺得：

□很有收穫　□有收穫　□收穫不多　□沒收穫

對我們的建議：________________________________

____

____

____

請貼
郵票

11466
台北市內湖區瑞光路 76 巷 65 號 1 樓
秀威資訊科技股份有限公司 收
BOD 數位出版事業部

....

（請沿線對折寄回，謝謝！）

姓　　名：＿＿＿＿＿＿＿＿　年齡：＿＿＿＿　性別：□女　□男

郵遞區號：□□□□□

地　　址：＿＿＿＿＿＿＿＿＿＿＿＿＿＿＿＿＿＿＿

聯絡電話：(日)＿＿＿＿＿＿＿＿＿＿ (夜)＿＿＿＿＿＿＿＿＿＿

E-mail：＿＿＿＿＿＿＿＿＿＿＿＿＿＿＿＿＿＿＿